Ralf Rothmann
Hotel der Schlaflosen

Erzählungen

Suhrkamp Verlag

Erste Auflage 2020
© Suhrkamp Verlag Berlin 2020
Alle Rechte vorbehalten, insbesondere das der Übersetzung,
des öffentlichen Vortrags sowie der Übertragung durch
Rundfunk und Fernsehen, auch einzelner Teile.
Kein Teil des Werkes darf in irgendeiner Form
(durch Fotografie, Mikrofilm oder andere Verfahren)
ohne schriftliche Genehmigung des Verlages reproduziert oder
unter Verwendung elektronischer Systeme verarbeitet,
vervielfältigt oder verbreitet werden.
Satz: Satz-Offizin Hümmer GmbH, Waldbüttelbrunn
Druck: Pustet, Regensburg
Printed in Germany
ISBN 978-3-518-42960-0

Inhalt

Fear is a man's best friend.

John Cale

Wir im Schilf

Gegen Ende der Probe verzogen sich die Wolken, und als mit dem Licht hinter den Kirchenfenstern auch die Violintöne heller zu werden schienen, riss die Saite über dem Steg. Ein schwarzer Draht, pendelte sie unter dem Wirbelkasten, und Emilia spielte das Glissando ohne E, wobei sie die Bruchstelle aus dem Lidwinkel betrachtete. Schräg war sie und schimmerte matt wie der Anschliff einer sehr feinen Kanüle.

Ihr wurde schwindelig, und noch während der Schlussakkord ihres Bruders ausklang, legte sie das Instrument auf den Flügel und bückte sich nach ihrer Handtasche. Außer den homöopathischen Tropfen und der Schachtel Aspirin gab es weiße und blaue Pillen darin, für den Tag, für die Nacht. Sie drückte eine aus der Folie, hielt sie mit den Zähnen und kramte zwischen Schminkzeug, Lufthansa-Erfrischungstüchern und der neuen Vogue nach ihrer Wasserflasche.

Stumm hatte sie in der Praxis in Zürich gewartet, bange wie die meisten. Man konnte über den See voller Jollen bis zur so genannten Goldküste blicken und weiter, hockte aber wie geduckt hinter den großen Pflanzen, die zwischen den Sesseln standen, eine Art Zierschilf, und blätterte in Illustrierten. Eine Frau, gut zehn Jahre jünger als sie, wurde vor allen anderen aufgerufen und kam schon nach wenigen Minuten wieder zurück, fahl im Gesicht, die Lippen blutleer. »So«, sagte sie zu ihrem Mann, der sich nur zögernd von seinem Smartphone löste, »jetzt kann ich mich eigentlich umbringen.« Und da erst hatte Emilia bemerkt, dass die Fenster der Röntgen- und Diagnosepraxis, alle Fenster in diesem fünften Stock, vergittert waren.

Als sie später auf die Straße trat, beide Ellenbeugen verpflastert, denn sie hatte zarte Venen und war wieder und wieder gestochen worden, fiel ihr ein frisch geklebtes Plakat vor dem Haus auf: Iggy Pop, Hallenstadion. Der Leim tränte über das blondierte Haar und das immer noch schmale, von Schmerz und Drogen zerfurchte Gesicht des alten Sängers, mit dem er neuerdings auch Reklame für Parfüms und Familienautos machte, und als sie die Ankündigung später am Airport noch einmal sah, klebte bereits ein »Ausverkauft« über dem Foto.

Leer die kleine Wasserflasche, die sie immer bei sich trug, und ihr Bruder nahm das Instrument vom Flügel und musterte die gerissene Saite. »War die nicht neu?«, fragte er. »Hast du noch die Quittung?« Auch er hatte im Mantel geprobt, einem dünnen Kaschmirmantel, und Emilia beugte sich über eine der leeren Bodenvasen neben dem Altar und öffnete resigniert den Mund. Mit einem hohen Ton fiel die Pille in das Innere.

Der Klavierstimmer, der ihnen auf der Empore zugehört hatte, die Hände wie Muscheln hinter den Ohren, kam langsam durch die Kirche und sah sie fragend an. Er trug eine teuer zerschrammte Lederjacke und schwere Stiefel, und David nickte, der Flügel war in Ordnung. Ein schöner Mann oder einer, der ihm gefiel, was man am Trinkgeld erkennen konnte; der Klang seiner Absätze in der hallenden Kirche, das Metrum von Jugend und gesunder Kraft, wurde lauter mit zunehmender Entfernung. Fast schon war er am Taufstein, auf dem sein Motorradhelm lag, als Emilia den Kopf hob und rief: »Sie haben nicht zufällig eine Zigarette?«

Natürlich rauchte er nicht, und David stieß etwas Luft durch die Nase und öffnete seine Tasche, weiches Kalbsleder aus Aix, ihr Geschenk zu seinem Sechzigsten. Er zog das Allegro con spirito in der G-Dur-Sonate hervor und tippte auf den letzten Takt. »Hier sind zwei Viertel, das habe ich gewusst. Da kannst du das Tempo nicht so schleppen, Emi. Lass uns das gleich noch einmal spielen, ja?«

Der Küster, ein älterer Afrikaner, kam aus der Sakristei und verteilte einen Armvoll Lilien in den Vasen, jene Sorte, die voll erblüht nach durchgeschmorten Kabeln riecht, und langsam schüttelte sie den Kopf; sie war es gewohnt, dass David ihr kaum zuhörte. Den Mund geöffnet, zeigte er auf ihren Geigenkasten, die samtrote Vertiefung, und fragte: »Wieso ›keine Ersatzsaiten‹? Wo sind die denn?«

In Zürich, in dem Behälter aus Plexiglas an der Wand, hatten schon etliche Scheren, Taschenmesser, Feuerzeuge und Flacons gelegen. An diesem Sonntag, Punkt Mitternacht, waren auch in der Schweiz die neuen Bestimmungen für die Flugsicherheit in Kraft getreten, und nachdem der Beamte in seinem Verzeichnis nachgesehen und mit einem Vorgesetzten telefoniert hatte, nahm er die vier Briefchen aus Wachspapier an sich. »Tut mir leid, Madame, aber die dürfen nicht mit an Bord.«

Und nach ihrer erstaunten Frage hatte er beide Hände vor seinem Hals geballt, eine imaginäre Schlinge zugezogen und gesagt, sie könnte die Drähte ja als Waffe benutzen. Das war ihm so ernst, wie er aussah, der eidgenössische Uniformierte, und den Widerspruch, dass er seiner seltsamen Verordnung gemäß dann auch die Saiten von ihrem Instrument nehmen müsste, einer Galimberti von 1925, ließ sie vorsichtshalber unerwähnt. Der Check-in begann in wenigen Minuten.

Es gab noch einen neuen Satz im Reisegepäck, natürlich, aber das hatte ihr Bruder vom Flughafen Tegel ins Hotel liefern lassen, weil nach der Matinee ein Lunch mit irgendwem von der Plattenfirma anstand. Seine Augenlider zuckten, und er blickte auf die Uhr, polierte das Glas mit der Manschette. Noch fast zwei Stunden Zeit hatten sie, die Straßen waren frei, die Unterkunft lag in der Nähe, und trotzdem stöhnte er: »Herrgott, Emi, muss das jetzt auch noch passieren! Kann nicht einmal etwas glattgehen bei uns?«

Sie lächelte müde. Seit über dreißig Jahren ging immer alles glatt, aber er brauchte diese Erregung, sie war der Pfeffer in seiner Routine. Er musste mindestens eine Dreiviertelstunde vor Abfahrt des Zuges am Bahnhof sein und stand oft schon vor dem Öffnen der Schalter auf den Flughäfen herum. Mit seiner Idee von Professionalität, zu der unbedingt Pünktlichkeit gehörte, rettete er sich vor den Leerstellen im Leben, dachte Emilia manchmal; nicht professionell zu sein war das Schlimmste, bei sich und bei anderen. Dass mit dem Pochen darauf schon die Stümperhaftigkeit beginnt, dass wahrhaftiges Tun keine Professionalität braucht – der Gedanke war irgendwo in seiner Jugend begraben, als er Skrjabin mit dem Ellbogen gespielt hatte.

Ihm noch nichts von der Diagnose erzählt zu haben, kam ihr einmal mehr richtig vor angesichts seiner Nerven, die schon bei einer gerissenen Saite schwach wurden. Das Hotel befand sich in der Gothaer Straße, kaum fünfzehn Minuten entfernt, und während der Küster ihm Rooibostee kochte, ging Emilia vor das Portal, massierte sich die Fingergelenke und wartete auf das Taxi. Ein milder Sonntag im frühen Oktober, ein Feiertag zudem; Wind fuhr in ihr frisch getöntes braunes Haar und ließ den offenen Trenchcoat flattern, Möwen kreischten über dem Kanal. Auf den Straßen kein Mensch.

Im Gegensatz zu ihrem Bruder hatte sie sich kaum je um Pünktlichkeit bemüht; dennoch war sie noch nie, nicht einmal bei Wetterkatastrophen oder Streiks, unpünktlich gewesen. Stets waren ihre Instinkte zuverlässiger als jede Uhr, und das hatte sie gelassen gemacht mit den Jahren – was nicht hieß, dass sie nicht gelegentlich Träume quälten, in denen sie grob verspätet auf die Bühne eilte und die falschen Noten aus der Tasche zog, während mehr und mehr Menschen den Saal verließen ...

Das Taxi hielt, ein Mercedes ohne Stern, die rissigen Kunstledersitze im Fond waren kalt. Der Fahrer, ein grauhaariger Mann mit Schnäuzer, nickte ihr zu, und als sie die Tür schloss, bemerkte sie einen Geruch im Auto, der ihr bekannt vorkam, ohne dass sie ihn gleich einordnen konnte. Ein verblichener Wunderbaum pendelte unter dem Spiegel.

»Ich dachte schon, ich bin noch blau«, sagte der Mann und wies mit dem Daumen auf das Plakat an der Kirchentür, die Ankündigung der Matinee, Schubert, Bartók, Brahms. Er hatte einen leichten arabischen Akzent und jede Menge Gold im Mund. »Sie sehen aber besser aus als auf dem Foto!«

Unwillkürlich strich sie sich eine Strähne hinters Ohr. »Ach, danke! Aber darauf bin ich viel jünger!«

»Na und?« Er schob einen Gang ein. »Jünger ist blöder, oder? Also kann jünger nicht schöner sein. Wohin?«

Sie nannte ihm das Fahrtziel, und langsam bog er auf die Potsdamer Straße. Irgendetwas schleifte unter dem Bodenblech oder im Radkasten des alten Autos. In der Neuen Nationalgalerie, dem durchsonnten Glaskubus, wurde eine große Cy-Twombly-Ausstellung gezeigt, und wie stets erinnerten sie die zärtlichen Bilder an das Gekritzel auf den Schultafeln ihrer Kindheit. Aber die riesigen, mit breitem Pinsel und zerlaufender Farbe ausgeführten Rosenblüten, die sie einst so entzückt hatten, stimmten sie seltsam traurig an diesem Morgen, wie leere Versprechen. Der Fahrer machte eine Kopfbewegung. »Stört Sie eigentlich der kleine Stinker?«

Sie neigte sich vor. Auf der genoppten Matte unter dem Handschuhfach lag ein Hund, ein weiß und lohfarben gescheckter Terrier ohne Halsband. Die Schnauze zwischen den Vorderpfoten, blickte er scheinbar traurig zu ihr auf, wobei er eine innere Braue hob, doch als sie lächelte, schlug sein Schwanz gegen das Bodenblech. »Nanu! Wen haben wir denn da?«

Sie schnalzte lockend, und er sprang auf das Polster, bellte erfreut. Kurze Schlappohren und schwarze Augen hatte er, und während Emilia zwischen den Sitzen hindurchlangte und ihm die Kehle kraulte, atmete sie ihn tief ein, den vertrauten, leicht brackigen Geruch seines kurzen Fells. »Das ist ja ein Schöner! Ein Jack Russell, oder? Mein verstorbener Mann hatte auch so einen. Wie heißt er denn?«

Der Fahrer zuckte mit den Achseln. »Keine Ahnung. Hund, glaube ich. Er gehört meiner Tochter. Immer sonntags muss ich ihn nehmen, ob ich arbeite oder nicht. Dabei mag ich gar keine Hunde. Aber ich muss ihn nehmen, weil sie zur Schwiegermutter geht, und die hat Allergien. Ob ich welche habe, fragt keiner.«

Verspielt biss ihr der Terrier ins Handgelenk, knabberte am Armband ihrer Uhr, und sie hob ihn zu sich auf die Rückbank, wo er sich gähnend streckte, um dann den Kopf auf ihren Oberschenkel zu legen.

Kein Auto auf der breiten Straße, nur ein Radfahrer, ein Zeitungsbote, dem der Wind die leeren Taschen blähte. An der Ecke, in den Räumen des einst berüchtigten Bierhimmels, befand sich jetzt ein Handy-Laden, und der

Fahrer bog in die Kurfürstenstraße und fuhr an den Schaufenstern der Einrichter vorbei, an Multi-Media-Regalen und funkelnden Küchenzeilen, vor denen schon die Huren standen. Die Bürgersteige waren übersät von zertretenen Kastanien, die Giebeltürme des ehemaligen Metropol kamen in Sicht, und sie unterkreuzten die Hochbahn in dem Moment, in dem ein Zug darüberfuhr, was das Tier zusammenzucken ließ. Beruhigend legte sie ihm eine Hand an die Rippen.

Wie viele Erinnerungen haben zwischen zwei Herzschlägen Platz? Nach wie vor gab es die kleine Buchhandlung in der Nollendorfstraße, immer noch mit den Merve-Bändchen im Fenster, und der Secondhandladen, in dem sie einmal einen Lederrock gekauft hatte, bot inzwischen gut erhaltene Kleider von Versace an, von Rena Lange und Chanel. Die Neubauten rings um den Winterfeldtplatz, Schräges aus Beton und Stahl, eilig hochgezogen nach der Wende, sahen schon wieder hinfällig aus, und während der Fahrer vor einem Zebrastreifen darauf wartete, dass eine Frau an Krücken die Straße überquerte, zählte Emilia die leeren Gläser auf dem Fensterockel des Slumberland. Wie oft hatte sie selbst dort gesessen im Sommer, bei Sonnenaufgang, ein letztes Bier in der Hand, ein blumiges Versprechen im Ohr.

Der Fahrer wies mit dem Daumen hinaus. »Schauen Sie«, sagte er, und irritiert folgte sie seinem Blick. Nichts und niemand auf dem großen Platz, nicht einmal eine Taube, nur ein Marktwagen voller Bretter und Böcke. Der Himmel war blau, der Schatten einer Wolke strich über den Asphalt mit den vermoosten Rissen, und der Mann gab langsam Gas. »Wissen Sie, was man in meiner Heimat sagt, wenn die Wüste leer ist, ein Meer aus Sand? Die haben sich alle im Schilf versteckt!«

Sie schmunzelte. Die Stühle waren zwar hochgestellt, aber eine Espressomaschine dampfte schon im Café M, das sie noch als Mitropa kannte. Längs der Akazienstraße hatte man neue Bäume gepflanzt, und an der nächsten Kreuzung bat sie darum, kurz anzuhalten. Das Fenster herunterkurbelnd, betrachtete sie die Fassade des einst grauen, jetzt vanillefarbenen Hauses mit der dunkelgrün gestrichenen Tür. Im Parterre, in dem ehemaligen »Frischbiergeschäft« der Vermieterin, befand sich ein Sushi-Restaurant, aber im anderen Laden gab es immer noch die Fahrschule Zech. Im Erker der Beletage, wo der große Blüthner gestanden hatte, der Flügel ihrer Mutter, hingen blassbunte tibetanische Gebetsfahnen, und auf dem Balkon klirrte ein Windspiel.

»Hier haben Sie mal gewohnt«, sagte der Fahrer, und das klang nicht wie eine Frage.

»Ja«, sagte sie und schluckte; doch der plötzliche Schmerz in der Kehle blieb. Sie betastete die Stelle und kramte vergeblich zwischen den Münzen und dem Lippenstift im Mantel nach einem Kaugummi oder einem Bonbon. Ihre Handtasche lag in der Sakristei. »Hier bin ich aufgewachsen.«

Der Mann bog ab. Alle Häuser in der Belziger Straße waren fein herausgeputzt, nirgendwo mehr Risse oder gar Einschusslöcher aus dem letzten Krieg wie noch in ihrer

Kindheit. Neben dem Fuhrhof der Post befand sich nach wie vor das Beerdigungsinstitut Grieneisen, in dem man damals makabre, in der ganzen Schule beliebte Werbegeschenke bekommen konnte, schwarze Aschenbecher mit dem Firmenlogo darauf, einem Sarg vor einem gotischen Kirchenfenster. Mit einem Feuerzeug aus derselben Serie hatte sie sich jahrelang die gerissenen Rosshaare vom Geigenbogen gebrannt.

Als er sich auf den Rücken drehte, kraulte sie dem Hund den Bauch, und wieder leckte er ihre Hand. »Hat er denn tatsächlich keinen Namen?«, fragte sie. »Wie rufen Sie ihn denn, wenn er mal wegläuft? Der von meinem Mann hieß Flex.«

Der Fahrer trat auf die Bremse. »Ich rufe ihn nicht«, murmelte er. »Ich möchte lieber wissen, wieso wir dauernd Rot haben. Es ist Sonntag früh, kein Mensch auf der Welt, und sie stellen alle Ampeln auf Stopp? Die reinste Schikane, wenn Sie mich fragen.«

Zwei Schwäne watschelten durch den Heinrich-Lassen-Park, in die Schatten der alten Kiefern dort. In dem Jugendstilhaus neben dem Hallenbad hatte sie Ende der siebziger Jahre mit Eva gewohnt, ihrer besten Freundin während des Studiums. Kunstrasen auf dem ächzenden Parkett, ein mit Kohle zu heizender Badeofen und Drogen in der Zuckerdose. Man ging frühestens um zweiundzwanzig Uhr aus dem Haus, in eine Pizzeria oder zu einer Modenschau von Claudia Skoda und dann in irgendwelche Clubs, wie man heute sagen würde. Evas Freundin Esther, eine Fotografin, war mit James

Osterberg zusammen gewesen, Iggy Pop, und manchmal hockte der kleine Mann mit hochgezogenen Knien wie eingetopft in sein übergroßes Ego auf einem ihrer Küchenstühle und schniefte ihnen das Koks weg. Dabei quakte er wie ein Tümpelfrosch, der Michigan-Akzent.

Er roch übrigens auch so, fiel ihr ein, aber in dem Konzert im halbvollen Metropol, in dem er »The Idiot« vorstellte, bis heute ihr Lieblingsalbum, ging mit einem Mal ein verwandelter Mensch in weißem Hemd und gebügelter Hose über die Bühne, immer wieder stumm von einer Seite zu anderen, während sich irgendein Intro aus dem Off ins Symphonische steigerte. Im Licht der Scheinwerfer war er verblüffend schön mit seinen frisch gewaschenen, von seiner Freundin ungelenk geschnittenen Haaren und den schwarz umschminkten Augen, die über alle Anwesenden hinweg in irgendeine Ferne starrten, und eine Frau, die neben Emilia stand, Schweißperlen an den Schläfen, stieß heiser flehend »Fang an!« hervor. »Fang endlich an!«

Doch trank er zunächst einen Schluck aus einer Bierdose, drückte eine Schaumfontäne daraus hervor und schmiss sie zwischen die Boxen. Dann öffnete er seinen Reißverschluss, um sich das Hemd sorgsamer in die Hose zu stopfen, zog ihn langsam wieder zu. Schließlich spuckte er ins Publikum, griff mit zittrigen Fingern zum Mikrofon, und bei den ersten Takten, ja dem ersten Ton seiner Musik schon sprang, nein, schraubte er sich in die Höhe und wirbelte herum, als bräche ein wilder, alles Kleinliche und Dumme niederschreiender Dämon aus ihm hervor. »Calling Sister Midnight!«

Die Wucht der Akkorde und die Kontur seiner Stimme, einer völlig anderen als in ihrer Küche, voller Kraft und entschiedener Eleganz, strafften sie und ließen sie zittern, als würden alle Glieder, jede Zelle ihres Körpers plötzlich jubilieren. Tränen füllten ihre Augen, während sie sich den Bewegungen um sie herum überließ, der wogenden Enge. Und momentlang war nichts klarer als die Unsterblichkeit.

»Ja, so ist es«, hatte Eva später im Café Central gesagt und ihr die zerlaufene Wimperntusche weggetupft. »So wird's immer sein, Baby: Wir verlieben uns in die wilden Maler, in die wahrhaftigen Sänger mit dem Heroin in den Adern, in die Dichter und die schönen Vagabunden, und wir heiraten Ärzte.«

Aber ihr zärtlicher Zynismus kam zu spät, konnte nichts mehr anrichten bei ihr. Kaum etwas war für Emilia wie vorher gewesen nach diesem knapp einstündigen Konzert, das ihrem damals diffusen und ängstlichen Leben eine neue Zuversicht und einen Schub an Mut für alles Weitere gegeben hatte, für ihre innere Freiheit.

Bunte Fahnen flatterten vor dem Hotel, einem Neubau mit blitzsauberer Aluminiumfassade. »Da wären wir«, sagte der Taxifahrer und sah sie aus dem Rückspiegel an, und als sie ihm einen Geldschein reichte und ihn bat, zu warten, nickte er und hatte einen Lidschlag lang die vertrauten braunen Augen, die er gar nicht haben konnte. Fingerschnippend scheuchte er den Hund hinaus, und der lief ein paar Schritte mit ihr mit, widmete sich dann aber den Geruchsspuren an den Laternen.

Das Zimmer lag im sechsten Stock. Es war ein Doppelzimmer, eine Suite sogar, und während sie die Saiten zwischen ihren Büchern und Befunden hervorkramte, wurde ihr wieder schwindelig. Sie öffnete die Wasserflasche auf dem Tisch, trank einen Schluck und sah in den Himmel, die jagenden Wolken. Gegenüber stand ein teuer restaurierter Altbau mit Mosaiken an den Balkonen und Töpfen voller Zierschilf auf der Dachterrasse – die gleichen hohen Gewächse mit den wedelartigen Spitzen wie vor Tagen in der Schweiz. Sie schwankten im Wind.

Die Güte in den Augen des Fahrers hatte etwas seltsam Strenges gehabt, fast schon kalt gewirkt; aber es war Güte gewesen. Und nun? Vögel umschwirrten die Pflanzen, pickten etwas aus den Rispen, von denen Staub aufflog wie Rauch, und man sollte nicht »plötzlich« oder »kurz entschlossen« sagen, weil Zeit von einem Herzschlag zum anderen nicht mehr von Belang war und der Entschluss sich – wie nach einer ausholenden Modulation der Wechsel der Tonart – von selbst ergab. Da sind wir.

Sie öffnete das Fenster und atmete tief. Im Vergleich zu den siebziger und frühen achtziger Jahren, als die Hinterhöfe gasig oder nach Schimmel rochen und die Kohlenmänner schwarz aus den Kellern mit den ausgetretenen Stufen kamen, war die Luft in Berlin, zumindest an diesem Sonntagmorgen, erstaunlich gut, fast so frisch wie am Zürichsee; man konnte sich sternklare Nächte vorstellen. Sie stieg auf einen Stuhl, auf das Brett und dachte an David, der jetzt unruhig auf der Kirchenbank saß, auf sein Handy starrte oder das Glas seiner Uhr mit der Manschette polierte. Lieber Bruder.

Noch nie war sie unpünktlich gewesen. Ein Hund bellte in der Toreinfahrt, der lohfarbene womöglich, und sie wunderte sich, wie leicht er war, dieser eine Schritt über alles hinaus. Sie sah ihren Schatten mit unglaublicher Geschwindigkeit die Wand hinabgleiten, ihren wild flatternden, jäh über den Kopf in die Höhe gerissenen Mantel, aus dem das Kleingeld fiel, und stand immer noch im Schilf.

Hotel der Schlaflosen

Die Maßnahmen fanden im Keller statt. Alle wussten es, aber keiner wollte es glauben; so sind die Menschen. Je unheimlicher oder beängstigender etwas ist, desto größer die Scheuklappen. Darum musst du dich nicht verstecken, wenn du etwas wirklich Haarsträubendes tust. Du kannst es überall machen, sogar in einem Hotel, wo sie dann wach liegen in den Zimmern und hoffen, dass der Lift nicht auf ihrer Etage hält. Niemand schloss die Türen ab, die Kandidaten durften rauchend über den Flur spazieren, und noch wenn sie in den Keller geholt wurden, wo man kaum nachkam mit dem Ausspritzen, glaubten sie es nicht. Sie richteten sich die Haare, lächelten scheu und versuchten sogar, mit den Wachen zu plaudern: »Was gibt's Neues, Genossen? Kommt die Landreform voran?« Und wenn sie dann angeherrscht wurden, die Schnauze zu halten, sahen sie vor Verlegenheit dämlich aus.

Einmal hatte ich mir einen Spaß gemacht. Es war gerade nicht so viel zu tun gewesen, und ich knöpfte mir den Jussokowitsch vor, der mich nicht kannte, von dem ich aber einiges wusste. Ich zog die Schürze und die Jacke mit dem Geklimper aus, lieh mir eine Gefreitenbluse und fuhr rauf in die Achte. Genosse Gekröse, wie wir damals sagten, wartete schon; ganz grau um die Nase, stand er neben dem Bett und spielte den Gefassten. Jeder hält sein eigenes Ende für etwas Besonderes oder Dramatisches, das würdig bestanden werden sollte. Dabei ist es nur ... Na ja.

Ich musste nichts sagen, eine Kopfbewegung reichte, und er fummelte an seiner Uhr herum, einer billigen »Vremya«, und legte sie auf die Abschiedsbriefe – die natürlich verbrannt wurden. Hier starb man an Herzversagen oder Lungeninfarkt, und als wir hinunterfuhren in diesem wackeligen Lift, zwinkerte ich ihm zu und sagte: »Na, Grigory, schau nicht so betrübt, gleich ist alles überstanden. Was machen die Kinderchen? Der kleine Juri und die schöne Anuschka wohlauf? Kommen sie zurecht mit dem neuen Pony? Ein Wunder-Pferdchen, was?«

Da hob er seinen trotzkistischen Kopf, fasste sich an den Hals und öffnete den Mund, als hätte jemand die Schlinge gelockert. Da stand plötzlich der Unglauben in Person vor mir, und in seinen Augen, in denen schon der Tod eingezogen war, glomm ein Fünkchen Hoffnung auf. »Du kennst meine Kinder? Aber wieso denn, Genosse, woher? Sind wir uns schon begegnet? Bist du aus Povarovo?«

Ich weiß bis heute nicht, wo das liegt, komme aus Susdal, doch ich kann eine Menge Mundarten nachmachen und sagte: »Nein, isch bin nischt aus Povarovo. Aber meine Frau, meine trächtige voll süßer Milch, sie wurde in eurem Kaff geboren. In den Schlaf hat sie dich gesungen und dir den Kopf geschoren, als du Läuse hattest.« Lachend schlug ich ihm auf die Schulter. »Sie ist deine Schwester, du Pfeife! Wärst du auf unserer Hochzeit gewesen, wüsstest du das!«

Zwar bewegte er die spröden Lippen, brachte aber erst mal kein Wort hervor. Der Aufzug blieb stehen, rumpelte weiter, blieb wieder stehen, ein Sinnbild für die ganze vermaledeite Zarenscheiße; die hatten alle Verstopfung von ihren Pasteten, und schließlich stammelte er: »Du bist Blochin? Wassili Michailowitsch Blochin?« Kopfschüttelnd musterte er die ranzige Bluse, die nach dem Schweiß des Gefreiten stank und nur einen Zahnstocher als Orden hatte. »Aber das kann nicht sein, Genosse, mein Schwager Wassili ist ein hohes Tier, hab ich gehört, Hauptmann oder gar Major in der Tscheka. Wir haben Brief um Brief an ihn geschrieben, doch so ein beschäftigter Mann, der findet natürlich keine Zeit, um …«

Vor Aufregung wurde er richtig heiser!

In der Spiegelecke waren wir vervielfacht bis in die Unendlichkeit, tausend Wächter grinsten in die fahlen Gesichter von tausend Delinquenten, und der kleine Scheißkerl rang die Hände, dass es knackte. »Um Himmels willen, bring mich hier raus, Wassili!«, flüsterte er, die Augen feucht. »Ich will meine Frau noch mal sehen. Denk an deinen Neffen, deine süße Nichte, wir gehen ins Ausland, ich schwöre. Das alles ist ein Missverständnis, dieser verfluchte Berditschev, der Apotheker, der uns fast umgebracht hätte mit seinen Placebos, der hat mich denunziert. Weil er an das Grundstück will, die Apfelwiese! – Wir sind Verwandte, Wassili! In Gottes Namen, bleib Mensch! Ihr wart ja auch nicht bei unserer Hochzeit.«

»Nun ja …«, sagte ich, als wir endlich im Keller ankamen. Ich riss das Scherengitter zur Seite, machte eine Handbewegung. »In Gottes Namen passiert hier schon lange nichts mehr, Grigory. Die Firmenleitung hat inzwischen gewechselt, wie du wissen solltest. Von dem Dr. Berditschev habe ich allerdings auch schon gehört, dem werden wir demnächst die Eier salzen, verlass dich drauf. Aber erst mal bring ich dich hier raus, selbstverständlich. Warum sonst hätte ich dich geholt. Geh ganz ruhig weiter, tu einfach so, als gehörst du zu mir. Die sind derart blöd in dieser Abteilung, die merken gar nichts. Da hinten rechts …«

In dem fensterlosen Vorraum wurden die meisten dann zögerlich, trotz des schönen georgischen Teppichs und der Jugendstillampe aus Baden-Baden, ein Geschenk meiner Natalja. Auf dem Schreibtisch eine Karaffe und zwei Gläser mit Goldrand, aber am Kleiderständer hing mein Arbeitszeug: die Schürze, zweifach gegerbtes Ziegenleder, immer gut eingefettet auf der Außenseite, die Lederkappe und die Handschuhe mit den langen Stulpen und dem abgeschnittenen rechten Zeigefinger. Und das roch natürlich nach Tod.

Durch den Lichtschacht konnte man tagsüber die Sohlen der Passanten auf dem Gehweggitter sehen, und hinter einer Stahltür befand sich der gekachelte Arbeitsraum, die ehemalige Kühlkammer des Hotels. Eine Glühbirne hing über dem Abfluss und ein zusammengerollter

Schlauch an der Wand, und viele kriegten Flatulenzen, wenn sie das sahen, oder hielten sich zitternd an ihrem Hemdkragen fest. Nur die, die selbst schon jemanden umgelegt hatten, die zitterten in der Regel nicht. Wirklich panisch wurde aber selten jemand – nicht nach all den Verhören mit Sonderbehandlung. Wir nannten sie die blutigen Zitronen, und jeder wusste, was ihm hier blühte.

Aber auch Angst kann Arbeit machen, denn am Ende siegen die Reflexe, und dann muss man schnell sein. Mein lieber Schwager wurde jedoch nicht zögerlich, im Gegenteil, ihm hatte sich die Zukunft unter die Sohlen geschoben, wie man so sagt, und jenseits der Eichenschwelle, die fast nur noch aus Nägeln bestand – fast jeder, so gefasst er sich gab, stolperte beim letzten Schritt –, sah er sich nach mir um. Er lächelte scheu, mit Nataljas kurzen Zähnen, und ich zeigte auf die weiße Wand, von der die Wassertropfen perlten, und sagte: »Da ist die Tür.« Und dann zog ich meine »Walther« aus der Tasche und brachte ihn hinaus.

Es gibt keine bessere Pistole für diese Arbeit, wirklich wahr. Sie ist wie ein kleiner Handesel, der die Nacht auf dem Rücken trägt und nie lahm wird. Ich hatte einen Koffer voll von den Dingern. Du kannst drei- oder vierhundert Volksfeinde an einem Tag damit erledigen, und sie fühlt sich nicht heißer an als eine von diesen Pellkartoffeln, die man den Kindern im Winter in die Manteltasche steckt, als Heizung für den Schulweg. Im Gegensatz zu unserer »Tokarew«, die dauernd hakte, hatte meine

»Walther« mich nie enttäuscht; keine einzige Ladehemmung in all den Jahren, kein Rohrkrepierer, nichts, und man muss es den Deutschen einmal lassen: Die Frauen sehen furchtbar aus, wie Gemüsezwiebeln; aber die Waffen liegen verdammt gut in der Hand.

Nachdem es in der Butyrka zu eng geworden war und man vor lauter Gefangenen kaum noch Platz für ordentliche Erschießungen hatte, wurde uns dieses Hotel zugeteilt. – Ich meine, in Zellen, die für zwanzig Personen berechnet sind, achtzig oder hundert zu stopfen, ist schon arg. Auch die Scheißeimer waren für zwanzig berechnet, und morgens musste immer erst gewischt werden, ehe man arbeiten konnte. Aber in diesem alten Hotel, das komischerweise »Fünf Nationen« hieß und demnächst abgerissen werden sollte, war Platz; viele Kandidaten hatten sogar Doppelzimmer mit Duschen, wenn auch ohne Bettwäsche. Die Matratzenstoffe schimmerten wie Perlmutt von dem letzten Sperma.

Seit sie mir die Leute genommen hatten und ich das meiste allein machen musste, wurde es oft spät, und dann übernachtete ich auch in dem Kasten. Ich hatte eine gute Truppe gehabt, fünf Mann, bestens erprobt; ohne zu murren, mit ungerührten Mienen hatten sie mir damals geholfen, die polnischen Offiziere wegzuputzen, ich weiß nicht wie viel Tausend. Jedenfalls mehr, als wir Kugeln kriegten, und ich musste mir was einfallen lassen; mit einer durch zwei Köpfe, das geht. Und keine Nachschüsse; wer nicht gleich hinüber war, hatte Pech gehabt.

Aber dann wurden wieder die Sessel verrückt im NKWD,

und auf einmal standen meine eigenen Leute auf dem Zettel: Der Fedor, der Yari, der Alexej, sein Bruder Igor und der lustige Artjom verschwanden von heute auf morgen in der Sardinenbüchse, keine Ahnung wieso. Auch mein Name, so hörte ich später, befand sich darauf, ganz oben unter B, doch Stalin, unser geliebtes Väterchen persönlich, hatte ihn wieder durchgestrichen. – Bekanntlich gab es damals kein größeres Unglück für einen Menschen, als auf einer der sauber getippten Listen zu stehen, die Josef Wissarionowitsch jeden Tag zur Unterschrift vorgelegt wurden. Aber wenn er dich dann durchstrich – was soll ich sagen … Als hätte Gott dich neu erschaffen!

Die Arbeit war schon in Ordnung, wahrscheinlich sogar eine Ehre, aber trotzdem: Ab dem Zeitpunkt wäre ich lieber ein einfacher Offizier irgendwo im Feld gewesen, zum Beispiel in der Reiterarmee. Nie hatte ich Schwierigkeiten damit gehabt, Trotzkisten, Saboteure oder Spione umzulegen, und wenn es noch so hohe Tiere waren. Die ganzen Militärs mit den Orden über dem Herzen, ob Jakir, Tuchatschewski oder Grimm, sterben auch nicht anders als jedermann, im besten Fall stumm und ohne groß was einzusauen. Ich habe meinem Chef Jagoda von hinten durch die Brille geschossen, und seinem Nachfolger Jeschow, dem schwulen Zwerg, auch. – »Sagt Stalin, ich sterbe mit seinem Namen auf den Lippen!« Arschkriecher bis zuletzt. – Aber meinen eigenen Leuten in aller Sachlichkeit und ohne Blick zurück die »Walther« in den Nacken zu drücken, das kostete Nerven.

Seit Jahren hatten wir zusammen im Akkord geschuftet,

auch noch in diesem Hotel. Wir luden uns gegenseitig die Pistolen, trugen die Toten aus dem Keller und wischten ihr Gehirn von den Wänden, und abends fuhren wir rauf in die Suiten und kochten und besoffen uns gemeinsam. Wir teilten uns die Frauen, die direkt aus der Lubjanka kamen, williges Fleisch, ganz heiß vor Hoffnung, dass ein Fick sie retten würde – was er ja auch tat, wenn sie hübsch beweglich waren, jedenfalls für ein paar Tage. Wir hatten zusammen Filzläuse oder einen Tripper, wir sprachen nächtelang über Pferde – Artjom und Fedor waren Züchter wie ich –, und wenn ich morgens den ersten Aufzug rumpeln hörte, wusste ich, die Pfundskerle, die fleißigen, holten sich schon wieder Material. Dann konnte ich mich noch mal umdrehen.

Obwohl die Wände dick waren, schlief ich in dem Hotel allerdings schlechter als zu Hause, in Nataljas weichen Armen; da half auch keine Lektüre. Ich bin sehr hellhörig und hatte damals oft so ein Sirren in den Ohren, einen Tinnitus, was wohl an der dauernden Knallerei lag. Bei der Arbeit stopfte ich mir Wachs hinein, dann ging's; aber nachts lag ich auf der gestärkten Bettwäsche wie ein alter Fuchs, der den Herzschlag der Mäuse unterm Schnee hört. Ich wusste, alle in den zweihundert Zimmern schliefen ebenfalls nicht, alle starrten die Wände an und warteten darauf, dass der rumpelnde Lift in ihrer Etage hielt, und diese Angst hatten sie verdient. Aber ich brauchte Schlaf; ich musste bei der Sache sein und durfte nicht empfindlich werden, sonst konnte ich mir gleich selbst die Kugel geben.

»Wie ein Weib«, hatte der gute Fedor gespottet, als er an der Reihe war und ich mich bei ihm entschuldigte, wahrscheinlich mit mehr Worten als üblich zwischen uns. Er hatte mir seine drei Haflinger vermacht, ehe er sich vor den Abfluss stellte, die Hände an den Hüften. »Du bist dünnhäutig wie eine Zarentochter«, sagte er. »Übrigens, wenn du die Pferde im Sommer auf die Weide bringst, reib ihnen die Nüstern mit Melkfett ein, das mögen sie. Und der Kolja, der Dicke, muss zum Schmied. – Jetzt drück endlich …«

Das »ab« hatte ich schon nicht mehr gehört; sentimental war ich nie. Aber insgeheim schwor ich mir: Wer immer diesen Befehl gegeben hatte – vermutlich Berija, mein aktueller Chef –, er würde nicht so sanft hinsinken wie Fedor und die anderen, falls ich ihn vor die Mündung bekäme. Er würde kreischend und mit zuckenden Gliedern durch eine Ewigkeit von Schmerzen gehen. Ich kenne jeden Schädelnerv.

Von außen sah unser Arbeitsplatz übrigens wie ein gewöhnliches Hotel aus, und manchmal betraten tatsächlich Reisende die Lobby mit den Ledersesseln und dem Lüster über der Rezeption, auch solche, die wegen dem Tschechow kamen. Aber sie machten schnell wieder kehrt, wenn sie die Uniformierten mit den blauen Mützen sahen. Wir hatten kaum was verändert, nur die Zimmerschlüssel eingesammelt und die Fenstergriffe abmontiert. Trotzdem schafften es manche unserer lieben Gäste hinaus, klar, man hörte es, wenn die Scheiben in den oberen Etagen klirrten. Das waren die Stolzen, die Akademiker, die ernsthaft glaubten, uns zu ärgern, wenn sie selbst den Schlusspunkt setzten. Dabei sparten wir Munition, und der Glaser verdiente. Interessant fand ich aber, dass sie es meistens nachts taten, sobald die Gehwege leer waren. Obwohl zerschunden und todgeweiht, dachten sie noch daran, niemanden zu erschlagen mit ihren Knochensäcken. Berechnend bis zuletzt.

Nachdem ich mal wieder geweckt worden war von so einem Klirren und dem anschließenden Geschrei, konnte ich nicht mehr einschlafen. Es war gegen Mitternacht, und ich nahm mir eins von den Büchern auf meinem Tischchen zur Brust. Natalja versorgte mich immer mit dem Neuesten, ihre Freundin war Buchhändlerin in Pinsk. Ich las damals alles querbeet, besonders viel natürlich über die Pferdezucht im Hinblick auf die Kavallerie. Aber auch über den Staudammbau, die Landreform oder den Verrat der Kulaken, über die Kerenski-Offensive, die Entenjagd – und selbstverständlich die Poeten, unsere ganzen Klassiker. Hauptsache, man wurde müde.

Ich kannte schon ein Buch des Verfassers, ein wirklich grandioses, muss man sagen. Mehrmals hatte ich es verschlungen, wusste aber nicht, wie er aussah. Doch auf diesem, einer Geschichtensammlung, gab es ein Foto, ein Brustbild, und man konnte ahnen, dass der Mann in der Uniformbluse nicht besonders groß war: Halbglatze, kluge oder auch listige Augen hinter einer kleinen runden Brille, Himmelfahrtsnase, gütig lächelnder Mund – ein russisches Allerweltsgesicht, ein Mann für schlanke Frauen. Er hatte sogar mal bei der Tscheka gearbeitet.

Trotz der Schulterklappen war da aber auch etwas Vergeistigtes, mit Bart hätte er wie ein Chassidim ausgesehen, und auf einmal fiel mir unsere Liste ein, die Tagesliste, die immer am Vorabend kommt; das Alphabet des Todes, sozusagen. Aber jetzt werde ich auch schon poetisch. Draußen kehrten sie die Scherben zusammen. Der Lift begann zu rumpeln, und ich stand auf, ging pissen und versuchte zu duschen; das Wasser blieb kalt. Dann rief ich im Keller an, und es dauerte eine Ewigkeit, bis Dimitri abnahm. Er war mein Adjutant, so ein zwangsangesiedelter Kasache, zu dumm, um in Butter zu beißen, und wahrscheinlich spionierte er mich aus, ich hatte ihn schon mal im »Lux« gesehen, mit einem von Berijas Lakaien. Aber ich schrieb ja auch Berichte über ihn. »Wen habt ihr gerade?«, fragte ich gähnend. »Habt ihr den Babel schon unten? Isaak Babel?«

Und während ich mich fragte, ob er überhaupt die Liste lesen konnte, hörte ich, wie er sich den hohlen Kopf kratzte. »Melde gehorsam: Soeben eingetroffen! Wartet im Vorraum«, brüllte er, als wäre das eine Fernleitung nach Pawlodar. »Typ blutige Zitrone, ziemlich weggetreten. Soll ich das für Sie erledigen, Chef? Dann können Sie noch eine Stunde schlafen.«

Ich wärmte mir einen Tee auf, aß zwei kalte Piroggen mit Lauch und steckte das Buch ein, ehe ich hinunterfuhr. Ein paar von den goldenen Ornamenten des Spiegelrahmens waren weggebrochen oder abgeschlagen worden, an einer der Gipsstellen klebten Haare. Zehn oder zwölf Kandidaten standen schon im Gang, Gesichter zur Wand.

Man lässt sie am besten ein paar Stunden schmoren, dann sind sie schön mürbe und wollen nur noch das Ende, ohne Gezappel. Ich gab einer heulenden Frau einen Tritt, sie drückte sich enger ans Gasrohr, und als ich die Tür zum Vorraum öffnete, sah er nicht auf, dieser Babel. Die linke Hand, an der drei Fingernägel fehlten, auf dem Knie, den rechten Ellbogen auf der Tischkante, starrte er trübsinnig ins Leere.

Spitz die Nase, bleich das stoppelige Gesicht mit den gelbgrünen Flecken über dem Jochbein und dem geronnenen Blut im Ohr. Sein Hemd war kragenlos, die Wollweste mit den Blechknöpfen verfilzt, aber offenbar hatte er einmal sehr gute Schuhe besessen, denn jetzt trug er nur noch Socken. Kopfschüttelnd hängte ich meine Jacke an den Garderobenständer und sagte: »Wirst du wohl aufstehen, wenn ein Offizier den Raum betritt!«

Er drückte die Faust auf die Tischplatte, stemmte sich leise ächzend hoch, sah mich aber immer noch nicht an. Zum Stalin-Porträt in der Ecke blinzelte er, und wie er so vor mir stand mit seinen krummen Knien, die ein wenig zitterten, war er wirklich nicht sehr groß; er reichte mir knapp bis zur Schulter. »Was siehst du denn ohne Brille, kleiner Jude?«, fragte ich und öffnete den Aktenschrank, zog meinen Koffer hervor.

Er bewegte die Lippen, räusperte sich mehrmals, hatte wohl lange nicht gesprochen. »Genug«, antwortete er schließlich und sank wieder auf den Stuhl, ohne dass ich es ihm erlaubt hätte.

Überraschend dunkel und volltönend die Stimme, wie

bei diesen Radiosprechern oder Faxenmachern, und ich suchte mir eine »Walther« für den Tag aus, füllte das Zehner-Magazin und sagte: »Genosse Major heißt das! Du warst Soldat, oder?«

Er nickte, hustete matt und wiederholte: »Jawohl. Ich sehe genug, Genosse Major.«

Eine Stimme, die man in so einem Winzling nicht erwarten würde und die den Weibern eine Gänsehaut bereitet hatte, das war mal klar. Ich schob die Pistole in das Holster und setzte mich auf den anderen Stuhl. Die aus dem Butyrka-Gefängnis stanken derart, dass man es kaum aushalten konnte in ihrer Nähe. Früher war Yari für die zuständig gewesen, der hatte mal in einer Kläranlage gearbeitet; ich dagegen musste mir beim Abdrücken die Nase zuhalten. Aber zum Glück roch dieser Babel trotz seiner fleckigen Hose nicht schlimmer als die gewöhnlichen Wachleute, kam also direkt aus der »Datscha der Schläge«, wie man damals sagte. Weil da die Zellen direkt unter den Büros lagen, achtete man auf Sauberkeit und frische Luft.

Ich entkorkte die Karaffe, füllte zwei Gläser mit Wodka, dem guten polnischen, und schob ihm eins hin. Das hatte ich zuletzt bei Jakir gemacht, unserem Heerführer erster Klasse. Ein famoser Mann! Umarmt hatte der mich und mir sogar die Wange geküsst, ehe er sich in den Kachelraum stellte, bereit für den Tod. Aber dieser armselige Poetenrest hob nicht mal den Kopf. Stumm starrte er auf das Teppichmuster, die Ranken und Rauten, und bewegte die Zehen in den löchrigen Strümpfen. Auch ein

Finger der Hand, die vom Tisch hing, zuckte, als würde er winzige elektrische Impulse aussenden; man konnte noch den Abdruck des Eherings sehen.

Dass er den Schnaps nicht anrührte, war klar. Sicher hatte er seit Tagen nichts zu fressen gekriegt und würde nach einem Schluck kollabieren, so was kennt man. Also griff ich in meine Jacke und wickelte zwei von Nataljas Piroggen aus dem Wachspapier, mein Mittagsbrot, und nun schluckte er hart, der Itzig, wie mit einem Kehlkopf aus Holz, und blinzelte mich an.

Der Geruch nach Sonnenblumenöl, Ziegenkäse und Rosinen erfüllte den Raum, und ich schob sie ihm hin und sagte: »Hausgemacht von meiner Frau. Kochen kann sie, am besten Okroschka und Borschtsch. Sie hat mir damals übrigens deine ›Reiterarmee‹ geschenkt ... Ein gutes Buch, das muss man dir lassen, auch wenn du den Budjonny darin schlecht aussehen lässt. Drei Mal hab ich's gelesen, manche Stellen sogar öfter.«

Er nickte, schloss die blau umschatteten Lider. Tränen quollen darunter hervor, blieben in den Wimpern hängen, und als er die zitternde Hand hob und versuchte, sich etwas abzubrechen von dem Gebratenen, verrutschte sein Ärmel, und ich sah, dass sie ihm ein Stück weit den Knochen freigeschält hatten, die alte Methode. Er besaß keine Kraft oder keine Sehnen mehr, und ich klappte mein Taschenmesser auf und zerschnitt eine Pirogge in kleine Stücke, ganz wie ein Maître d'hôtel. Und dann beugte er sich vor und leckte eins nach dem anderen vom Papier.

»Stark und packend geschrieben, dein Buch, hätte von mir aus viel länger sein können«, sagte ich und zündete mir eine Zigarette an. »Dieser Alte mit dem gespaltenen Schädel im Quartierbett des Soldaten, die singenden Krankenschwestern zwischen den Verletzten, die roten Kosakenröcke – meine Fresse, wer will da nicht in die Schlacht!«

Ich blies den Rauch unter die Lampe. »Aber warum, zum Teufel, hast du den Budjonny beim Namen genannt, sag mal. Einen Marschall der Sowjetarmee, einen Freund Stalins, die Stimmungskanone im Kreml mit seinem scheiß Schifferklavier? Ich dachte damals: Spinnt der? Ist der lebensmüde? Glaubt er, nur weil der Gorki sein Freund und Gönner ist, kann ihm nichts passieren? Wie selbstverliebt der Budjonny durch die Welt stelzt, sieht man doch schon an seinem Schnurrbart! Den hat er derart mit Leim oder Zucker gestärkt – da kannst du an jeden Zipfel einen Tabaksbeutel hängen! Und so einem sagt man nicht mal durch die poetische Blume, dass er ein unfähiger Heerführer, ein brutaler Judenmörder und ein eitler Dummkopf ist!«

Er hatte die eine Pirogge gegessen, leckte ein paar Krümel vom Papier und richtete sich ein wenig auf. Dabei ließ er die zweite nicht aus den entzündeten Augen und sagte heiser: »Aber so war es doch. So war es wirklich. Nicht ich mit meinem bisschen Tinte – er hat die Rote Reiterarmee in den Dreck gezogen, in die Niederlage.«

Er schnalzte, als hätte er was zwischen den Zähnen, und sah mich kurz einmal an, und in seinem Blick gab es genau diese Art Klugheit, die damals dumm war. »Literatur darf nicht taktieren, sie sollte ehrlich sein, Genosse Major. Sie hat eine Verantwortung vor dem Leben, vor der Wahrheit.«

Da schlug ich mit der Hand auf den Tisch, dass der Wodka aus den Gläsern schwappte. »Das Leben, das Leben, was spuckst denn du hier für Phrasen? Auch der Tötende ist das Leben! Und was hat die Ehrlichkeit für einen Wert, wenn sie nur Unfrieden stiftet? Soll ich mich heute Abend zu meiner Frau legen und flüstern: ›Übrigens, Täubchen, ich musste neulich deinen kleinen Bruder erschießen?‹ Wem nützt so was? Man vermehrt nur den Schmerz!«

Da hatte er es tatsächlich geschafft, dass ich mich in Rage redete. Typisch. »Und was heißt das überhaupt, Wahrheit?«, fuhr ich fort. »Alle lügen, immer, auch dein verehrter Gorki war ein scheinheiliger Hund. Der schrieb über die Armut und das stinkende Elend und residierte zwischen Goldmosaiken, Badewannen voller Kaviar und Frauen in Pariser Toilette. Alle biegen sich die Geschichte so hin, dass sie gut aussehen, mit möglichst vielen Orden auf der Brust. Die Wahrheit aber, die reine und letzte Wahrheit, mein Freund, die sagt immer nur eine Kugel.«

Ich zerschnitt die andere Pirogge, die mit gehackter Blutwurst und Knoblauch gefüllt war, was ich doch bedauerte; das ist meine Lieblingssorte. Aber na ja. »Seien wir ehrlich, du wolltest dich rächen, stimmt's? Weil er das mit deinen Thora-Kumpeln gemacht hatte. Ihr haltet ja immer zusammen. Aber nur weil er ihnen die mageren Hälschen umdrehen musste und ihre Schtetl abgefackelt hat, ist der Budjonny kein Antisemit, das glaub mal nicht. Für ihn waren das keine Juden, sondern schlichtweg Polacken, die uns hinterrücks in die Weichsel getrieben hätten. Ein Sowjetmarschall ist schließlich kein Nazi. Ich finde ihn auch zum Kotzen, aber ein Faschist ist er nicht.«

Wieder beugte er sich vor. Seine Hände lagen wie tot im Schoß, und als er ein Stück der Pirogge mit seinen schönen und beweglichen Lippen umfasste und in den Mund sog, musste ich an meine Flekka denken, eine sanfte Trakehner-Stute. Er schnaufte sogar ein bisschen wie sie.

»Und dann, mein Lieber, vergiss mal nicht, keiner hat mehr für die russische Pferdezucht getan«, sagte ich. »Der wusste eher als der Oberste Sowjet, dass die Staatsgestüte unverzichtbar sind, und hat sie hinter dessen Rücken weiter betrieben. Was nicht ungefährlich war. Der kann reden mit den Viechern, versteht sie besser als ich meine Frau. Und wahrscheinlich haben wir bald so eine kernige Budjonny-Rasse, genau nach seinen Vorstellungen gezüchtet: hochintelligent, wie der Blitz aus dem Stand und trittsicher sogar im Gebirge. Und dann schlägt keiner mehr unsere Reiterarmee!«

Er nickte zwar, aber ich hatte den Eindruck, dass er gar nicht mehr zuhörte. Die Füllung war wirklich gut, keiner kann so mit Kräutern und Knoblauch umgehen wie meine Natalja. Happen um Happen griff er mit seinen Lippen auf und kaute langsam, sehr langsam, wobei er die Wange auf die Tischplatte legte und versonnen ins Leere starrte. Man sah noch die Kerbe vom Brillenbügel an seiner Schläfe, etwas Rotz lief ihm aus der Nase, und ich sagte: »Dass du die Realität mit Realismus verwechselt hast und deine Pipi-Erfahrungen mit der Geschichte, dass du zu schwach warst, so einen wie den Budjonny mitsamt seiner korrupten Armee zu erfinden, das ist dein Versagen als Schriftsteller. Und dass es ihn wirklich gibt, diesen rachsüchtigen Drecksack, ist jetzt dein Pech. – Ihr kritzelt da was hin und denkt, es hat keine Konsequenzen, ist ja nur Kunst, tut keinem weh. Tja … Wirst gleich merken, wie weh es tut.«

Stumm leckte er das Fettpapier sauber, und ich faltete es zusammen, steckte es weg. Meine Gallensteinchen begannen zu ticken, langsam wurde es Zeit für einen ersten Schluck, was für mich natürlich kein Problem war. Aber er, der seine Arme kaum hochkriegte, würde eine Sauerei anrichten auf dem Tisch, und einflößen wollte ich ihm nichts, war schließlich kein Sanitäter. Also goss ich ihm den Wodka aus dem Glas in eine Untertasse, damit er ihn herausschlürfen konnte.

»Na dann, auf die Zukunft, wie man hier sagt. Bald bin ich alt, dann hab ich Zeit für die Kultur, und vielleicht schreib ich ja auch mal ein Buch, über Haflinger zum Beispiel. Das ist eine völlig unterschätzte Rasse, weißt du, herrlich genügsam. Die stellst du auf die Weide, und sie rühren sich den ganzen Tag nicht vom Fleck, fressen nur das Grünzeug im Kreis ab. Mit den Budjonny-Gäulen gekreuzt, könnten das prima Kanonenpferde werden, ideal im Herbst und im Frühjahr, auf den matschigen Feldern.«

Er schloss die Augen, leckte sich die Mundwinkel und blieb stumm. Nur weil er mal in der Kavallerie gedient hatte, brauchte er noch lange keine Ahnung von Pferden und ihrem Hufdurchmesser zu haben, klar. Eigentlich musste er nicht mal reiten können; damals wurden die Rekruten auf den Gäulen festgebunden und blieben auch erschossen im Sattel. Jedenfalls hatte ich das Gefühl, dass er an etwas ganz anderes dachte; wer kann in diese Kerle sehen. Nachdem die Untertasse ausgeschlürft war, kriegten seine Wangen ein bisschen Farbe, und er ruckte auf dem Stuhl herum. »Was ist?«, fragte ich. »Was hast du?«

»Nichts«, murmelte er. »Muss pissen.«

Ich ging zum Kleiderständer. »Verkneif's dir. Wir haben hier keine Gästetoilette«, sagte ich und schob ihm das Buch hin, das von meinem Nachttisch. Es waren seine »Geschichten aus Odessa«, ein schöner Einband aus derbem Papier, auf den ich meinen Füllhalter legte, und traurig erstaunt hob er den Kopf. Eine diffuse Hoffnung öffnete ihm den Mund, klärte den Blick und machte die Züge seltsam weich; diese Künstler sind ja doch immer Kinder. »Tu mir die Liebe, und schreib da was rein«, sagte ich. »›Für Wassili Michailowitsch Blochin, den echten Pferdekenner, vom Autor der *Reiterarmee* Isaak Babel‹. Oder so etwas Ähnliches.«

Schon waren seine Wangen wieder grau. Seufzend sah er an mir vorbei auf die offene Stahltür und zuckte mit den

Schultern. Wie soll ich schreiben, wenn ich nicht mal essen kann, schien das zu sagen, und nachdem ich mir eine neue Papirossa angesteckt hatte, griff ich nach seinem rechten Unterarm und legte ihn auf den Tisch. Vor Schmerzen reckte er das Kreuz, kniff die Augen zu und sog die Luft durch die gefletschten Zähne ein. Fast wäre er mir vom Stuhl gekippt. Aber dann riss er sich zusammen und versuchte, nach dem Füller zu greifen; für so einen kleinen Mann hatte er beachtliche Hände. »Ein ›Parker‹«, murmelte er und betastete ihn zitternd. »Wie schön.«

»Nicht wahr?«, sagte ich. »Den hat mir Tuchatschewski geschenkt, zum Abschied. Von allen Marschällen hatte der am meisten Stil. Auch ein Opfer vom Budjonny, übrigens. Der soff mit ihm und spielte ihm Geburtstagslieder auf der Quetschkommode, und dann war er plötzlich sein Richter im vierten Prozess und zerlegte ihn vor der gesamten Presse. Und bestimmt nicht mit der Wahrheit, mein Freund. Was ist, kannst du ihn nicht aufschrauben?«

Nicht mal greifen konnte er nach dem Füller, auch mit der Linken nicht, und ich sah auf die Uhr, die alte »Vremya«. Laut Liste würde es ein langer Tag werden, und das nach sehr kurzem Schlaf. Es kamen immer mehr Kandidaten; Nataljas Freundin war verhaftet worden, weil sie Französisch sprach. »Dann machen wir es eben so«, sagte ich und kramte die Blechdose mit dem Pelikan aus dem Schrank. Es war ein komisches Gefühl, die Kuppen anzufassen, an denen sich keine Nägel mehr befanden, aber ich nahm jeden einzelnen Finger, drückte ihn ins Stempelkissen und dann auf die erste Seite des Buches, gleich unter den Namen. Ich wette, so eine Signatur hat niemand in der ganzen Sowjetunion. Dann klappte ich den Deckel zu und half ihm hoch.

Noch einmal betrachtete er die bunte Jugendstillampe und mit zuckenden Lidern auch das Porträt an der Wand, und ich hängte mir die Schürze um. »Das hier ist übrigens ein Ort mit Geschichte«, sagte ich, die Bänder auf dem Rücken verknotend. »In diesem Hotel hat Tschechow gewohnt, wenn er in Moskau war, wusstest du das? Im Foyer hängt eine Tafel. Offiziell, also für seine Mutter und die Frau, stieg er natürlich im ›Slawischen Basar‹ ab, dahin ließ er sich die Post schicken. Aber hier traf er sich mit seinen Geliebten, diesen Schauspielerinnen und jungen Verehrern – und ganz bestimmt nicht, um die Nächte mit Schlaf zu vergeuden.«

Ich setzte mir die Lederkappe auf, schob sie über die Augenbrauen, zog die Stulpen der Handschuhe hoch und wies auf die Stahltür, den gekachelten Raum. »Das war ein wirklich Großer, viel größer als dein Gorki, dieses Schaf; gegen den könnt ihr alle nicht anstinken. Ein Jammer, dass die Schwindsucht ihn so früh zerfressen hat. Jedes Mal, wenn ich ›Die Dame mit dem Hündchen‹ lese, kommen mir die Tränen. Oder den ›Bischof‹. Oder ›Wolodja‹.«

Die Glühbirne über dem Abfluss flackerte, und er nickte, drehte die Hände und betrachtete seine schwarzen Fingerkuppen. »Das stimmt«, sagte er heiser, »mir geht's ähnlich. So warmherzig schreibt keiner, so zärtlich auch. Ich fand immer ›Die Steppe‹ am schönsten. Oder auch ›Der Student‹. Den Anton Pawlowitsch muss man einfach lieben.« Dann lächelte er vage, hob den Kopf und blinzelte mich an. Seine Bartstoppeln schimmerten silbrig in dem Licht. »Hättest du den auch erschossen?«

Ich drückte meine Papirossa in den Aschenbecher und entsicherte die Waffe. Die mit dem Zehner-Magazin sind schon deswegen zu empfehlen, weil der Griff etwas länger ist; den haut dir der Rückstoß nicht aus der Pfote, solltest du mal überarbeitet sein. »Hättest du den auch erschossen, Genosse Major, heißt das! Ja, was glaubst du wohl! Bleibt einem denn die Wahl? Natürlich würde ich ihn exekutieren, das eine hat doch mit dem anderen nichts zu tun!«

Dann zog ich die Liste aus der Schublade und schrieb die Zeit hinter seinen Namen – 1 Uhr 40, obwohl es 1 Uhr 37 war; ungerade Zahlen verursachen nur Tippfehler. »Und jetzt geh da rein. Falls du Kronen oder Brücken aus Metall hast, beiß nicht die Zähne zusammen, hörst du. Schön offen lassen den Mund, das macht's für uns beide leichter!«

Die Knie gekrümmt, ging er mir mit schubbernden Schritten voraus, ein Zeichen dafür, dass sie auch was zwischen seinen Schenkeln ... Wer will das so genau wissen. Nach dem Abdrücken hatte ich wieder dieses Sirren in den Ohren, wie von einer winzigen Feder oder einem elektrischen Draht, aber er starb lautlos, sank hin wie ein Haufen Kleider. Und später, Anfang der Fünfziger, da war ich schon im Ruhestand, mit einem lächerlichen

Sold, wurde er rehabilitiert. Man sprach ihn in allen Anklagepunkten frei, ganz offiziell, und das hat mich gefreut. Das hat mich wirklich gefreut, auch wenn ich das Buch nicht verkaufen konnte, nicht einmal in den Antiquariaten der Juden. Keiner wollte mir glauben, dass es seine Fingerabdrücke waren.

Geronimo

Um 1960 gab es nur ein Fernsehprogramm, und mein Vater las jeden Abend. Auf seinem Nachtschrank lagen immer einige Romane aus dem Schreibwarengeschäft am Tackenberg. Für ein paar Groschen pro Stück und Woche konnte man sich dort jene Bücher ausleihen, die wegen ihrer klebrigen Lasur Supronyl-Schwarten genannt wurden. Mit rotem, curryfarbenem oder kreidig blauem Kopfschnitt versehen, schienen alle den gleichen beeindruckenden Umfang zu haben und waren dabei erstaunlich leicht, was wohl an dem faserigen Papier lag. Manchmal fand man Zigarettenblättchen oder einen Zahnstocher darin, die Lesezeichen voriger Benutzer.

Mein Vater, ein gelernter Melker, der nach der Geburt seiner Kinder als Bergmann arbeitete, entlieh nur Wildwestromane. In Geschichten mit Titeln wie »Ruf der Prärie«, »Die Rotte der Tapferen« oder »Flammen über dem Colorado« ging es um Helden, die Slade, Jonny Bronson oder Texas Jack hießen – und deren Geschichten mich schon deswegen nicht interessierten, weil sie Cowboys waren. Denn ich, der ich mit meinen Freunden durch die Wälder, Felder und moosigen Bunkeranlagen hinter den Zechen strich, ich war natürlich Apache, ein direkter Nachfahr von Geronimo, und fand Cowboys, na ja … Immer waren es die großmäuligen Idioten, die keine Fährten lesen und kein Feuer ohne Streichhölzer anfachen konnten, oder die Streber, die den Kampf abbrachen und nach Hause liefen, sobald die Laternen angingen. Das änderte sich auch nicht, als mein Vater mir sagte, dass er ja selbst einer war, ein Kuhjunge, und auf den gerahmten Melkerbrief neben der Hauer-Urkunde zeigte. Cowboys waren mir nicht grün.

In der offenen Schlafzimmertür bot sich meiner Mutter, meinem kleinen Bruder und mir fast jeden Abend dasselbe Bild: der müde, mit einer Pyjamahose und einem Unterhemd bekleidete Mann, der sich zum Lesen ein paar Kissen in den Rücken gestopft hatte und den Rauch seiner »Gold Dollar« übers Kinn auf die Brust blies, damit er ihm nicht die Seite vernebelte. Das Licht der Nachttischlampe auf dem dichten Haar und den Oberarm-Muskeln, die starken, beim Umblättern leicht zitternden Hände: Dieser friedliche Anblick ließ uns Kinder nicht ahnen, was es bedeutete, Tag und Nacht bei jedem Wetter zum Pütt zu radeln und sich unter der Erde krumm zu machen, damit wir genug zu essen hatten.

Es war in den Sommerferien gewesen, kurz vor dem Geburtstag meines Bruders. Er sollte den kleinen Bauernhof aus dem Fenster des Spielwarenladens neben der Schule bekommen: ein Fachwerkhaus mit Stallungen, deren Dach man abnehmen konnte, eine Scheune und ein Futtersilo. Dazu hatte er sich Tiere aus bemaltem Plastik und einen Trecker mit Anhänger gewünscht, die ganze

Dekoration eben. Obwohl er kaum Erinnerungen daran haben konnte, sehnte er sich mehr als wir alle zurück nach unserer Zeit auf dem Land.

An dem Morgen, an dem mein Vater und ich uns auf den Weg zu dem Geschäft machten, ein kurzer Spaziergang durch die neue Siedlung, schien die Sonne. Noch war er krankgeschrieben: Bei einem Bergschlag – einem von vielen, die folgen sollten – hatte ihm ein stürzender Balken die Schulter und den rechten Arm gebrochen. Doch er trug keinen Gips mehr, nur einen elastischen Verband, und bewegte immerzu die Finger, um ihre Gelenkigkeit wiederherzustellen.

Hier und da standen Milchflaschen oder lagen Brötchentüten vor den Türen, aus der Kirche klang leise Orgelmusik herüber, und schweigend passierten wir den Sportplatz, wo noch Tau auf dem Rasen funkelte und ein vergessenes Turnhemd auf der Aschenbahn lag. Um den Weg abzukürzen, drückten wir uns durch eine Hecke aus Kartoffelrosen und überquerten den Hof der Albert-Schweitzer-Schule, der bis auf den neuen Simca des Hausmeisters leer war.

Hinter den Fenstern im Parterre konnte man den langen Flur mit den Kugellampen sehen. Bunt glasierte Fliesen glänzten über den Klassentüren, Tiermotive, und obwohl sie auch Nummern hatten, große aus Messing, war man lieber in der Adler-, Schlangen- oder Waschbärenklasse. Nur die in der Ochsenklasse murmelten »zwölf«, wenn man sie nach ihrem Raum fragte, klar. »Ich bin in der Hasenklasse«, sagte ich, »ein weißer Hase mit einer Möhre«, und in dem Augenblick griff der Vater nach meiner Hand.

Das machte er sonst nie; es gab kaum Berührungen zwischen Eltern und Kindern in unserer Familie, und ich hob den Kopf und folgte seinem Blick: Vor dem Zauntor stand ein barfüßiger Mann in einem blau und weinrot gestreiften Morgenmantel – was zunächst einmal nichts Ungewöhnliches war in der Siedlung. Auch Frauen gingen zu jener Zeit schnell mal im Unterrock und mit Lockenwicklern im Haar in den Konsum, um Mehl oder Nagellackentferner zu kaufen. Dieser Mann aber riss immer wieder die Arme in die Höhe und ließ die Hände flattern, wobei er seltsame Laute durch die gefletschten Zähne stieß.

Es klang fast wie ein Kläffen oder Belfern und meinte wohl die Krähen, die auf der Dachrinne des zweigeschossigen Gebäudes hockten, eine lange Reihe Nebelkrähen, stumpf das graue, glänzend das schwarze Gefieder. Aber die Tiere, denen der Wind den Nackenflaum sträubte, ließen sich nicht aufscheuchen von seinem Gefuchtel, beobachteten ihn ungerührt. »Was hat er denn?«, fragte ich und wurde langsamer. »Will er uns was tun?«

An Schultagen waren die Flügel des Zauntors weit geöffnet, auch für die Autos der Lehrer. Jetzt gab es lediglich einen Durchschlupf neben der Mauer, wir mussten nah an dem Fremden mit den wirren schwarzen Haaren vorbei, und mein Vater, der schlecht ertrug, wenn wir Angst oder auch nur Scheu zeigten, schnalzte verärgert, ein wortloses: Was sollte er uns tun? Dann zog er mich wei-

49

ter, wobei sein Griff etwas fester wurde, und sagte mit seiner sanften und dennoch sonoren Stimme: »Guten Morgen! Dürfen wir mal durch?«

Schon im Klang war das beruhigend gemeint, und der Angesprochene, der sich seit Tagen nicht rasiert hatte und in dessen Augen ein fiebriger Glanz war, bewegte den Mund, als wiederholte er sich das Gehörte. Dann nickte er zwar, doch statt uns Platz zu machen, trat er breitbeinig in das Tor und stemmte die Hände gegen Mauer und Pfosten. Nur eine Pyjamahose trug er unter dem offenen Mantel, Urinflecken im Schritt, und er beulte sich eine Wange mit der Zunge aus, zog die dichten Brauen zusammen und starrte uns an. Älter und kleiner als mein Vater war er, und der neigte den Kopf und wiederholte: »Verstehen Sie mich? Sprechen Sie Deutsch? Wir möchten gerne hier durch.«

Neuerdings arbeiteten viele Männer aus den Mittelmeerländern auf den Zechen. Sie wohnten in sogenannten Ledigenheimen, und bei näherem Hinsehen mochte er etwas von einem Italiener oder Spanier haben, auch wegen der gebräunten Gesichtshaut und der dichten Behaarung auf der Brust. Seinem Blick fehlte aber das Licht im Innern, die gelassene Freundlichkeit dieser Leute, die uns Kindern oft zuzwinkerten aus ihren rostigen Autos, als wären wir Bekannte.

Die senkrechte Falte auf seiner Stirn wurde tiefer, und er zog einen Tropfen unter der Nase hoch, schwieg aber nach wie vor. In der linken Tasche seines Frotteemantels steckte eine Zeitung und in der anderen ein angebissenes

Gebäckstück, ein Mohnhörnchen, wie ich es selbst gern aß, und momentlang dachte ich, er zöge es heraus. Aber dann hielt er meinem Vater einen silbergrauen Gegenstand vor die Brust, und da der, von einem Stirnrunzeln abgesehen, keine Reaktion zeigte, mochte ich zunächst nicht glauben, was ich sah.

Meine Vorstellung von Waffen kam aus Karl-May-Romanen oder aus Wildwestfilmen im Fernsehen, vor allem aus »Bonanza«, wo sowohl die Cartwrights als auch ihre Gegner große, mit langen Läufen versehene Trommelrevolver trugen, oft am Griff mit Perlmutt verziert. Sie waren so schwer, dass die Holster schief an den Schenkeln hingen, wenn man sie nicht mit Bändern fixierte, und weil ich sonst nie Waffen gesehen hatte, begriff ich nur langsam, dass es tatsächlich die Mündung einer kleinen Pistole war, die der Mann in den Jackenstoff meines Vaters drückte, ein Wildleder-Imitat.

Der wurde zwar blasser – die schön konturierten Lippen hoben sich nur wenig ab von der Haut –, blieb aber ruhig, wie es schien. Der Vogelschwarm flog auf, kreiste über der Schule, wir standen in einem Wirbel aus Schatten und grauem Flaum, und er hielt mir schützend einen Arm vor die Brust, drängte mich in seine Deckung. Dabei stieß er etwas Atem durch die Nase, als wäre das ein sehr trauriger und geschmackloser Witz, sah auf die Waffe hinunter und fragte leise: »Ja, und jetzt?«

Momentlang hörte ich meine eigene Stimme. Der Mann schob das Kinn vor, grinste herb, und das Funkeln in seinen aufgerissenen Augen wollte mir fast vergnüglich erscheinen, als genösse er seine Überlegenheit. Es war ein Blick, vor dessen kalter Schwärze ich unwillkürlich die Lider senkte, und während ich auf seine nackten Füße starrte, die schmutzigen Nägel, begannen mir Kiefer und Kehle zu zittern, und mein Mund wurde so trocken, dass ich nicht mehr schlucken konnte. Krähenkot klatschte neben uns auf den Boden.

Einmal, Anfang des Sommers, als ich mit zwei Freunden in der aufgegebenen und eigentlich verbotenen Kiesgrube hinter der Siedlung Indianer gespielt hatte, löste sich nach einem Rieseln hier und da der obere Rand des Abhangs, ein wurzelstarrender Brocken mit einem Teil des angrenzenden Weizenfeldes, groß wie ein Haus. Unmöglich konnte man in der Sekunde, in der das Gewicht auf uns herabstürzte, die sichere Seite der Grube erreichen; man sank ja ein im Sand, der einem die Schuhe füllte, kam kaum voran. Und trotzdem standen wir im nächsten Moment da, alle drei unversehrt, und keiner wusste, wie wir dorthin gelangt waren. Verwirrt starrten wir einander an, und wenn das ein Wunder gewesen war, dachte ich, dann konnte auch hier vielleicht eins helfen.

Mein Vater blieb nach wie vor gefasst; sein Selbstbewusstsein war stets ein demutsvolles gewesen, aber ängstlich hatte ich ihn nie erlebt. Er seufzte nur leise, strich mir beruhigend über den Kopf und ließ den Bewaffneten dabei nicht aus dem Blick. Abgesehen von der Blässe war sogar ein Hauch von einem traurigen Verständnis oder gar Mitleiden in seinen zerarbeiteten Zügen, was er mit einem kurzen Schließen der Lider bekräftigte. Und dann straffte er sich – nicht viel, aber doch so, dass der sonst frei hängende Rückensaum der Jacke anlag – und lächelte dem Fremden ins Gesicht.

Es war dieses überraschende, in meiner Kindheit kein dutzend Mal erlebte, aus der grauen Aura seiner Melancholie hervorstrahlende Lächeln, in dem ich zu lesen meinte, dass es nicht nur Arbeit und Enge in unserem Leben gab, die sorgenvolle Alltäglichkeit, sondern auch ein tief verschüttetes Glücksvorkommen, etwas Geheimes, das sich im richtigen Moment in Wohlwollen für alle und jeden verwandelte. Ich zumindest fühlte mich bei diesem Lächeln stets, als würden Eimer voll goldenen Lichts über mich geleert, was sicher auch an seinen makellos schönen Zähnen lag, und dann zog er das Kinn an den Hals und sagte: »Ach komm, Kamerad, lass gut sein. Das ist jetzt nicht dein Ernst, oder?«

Wie leise, wie entfernt klang der Flurgong, der auch in den Ferien schlug, von außen … Der Mann antwortete zunächst nicht. Den Arm weiterhin gestreckt, drückte er die Pistole sogar noch einmal fester gegen den Jackenstoff und atmete heftiger. Bei jedem Zug traten seine Rippenbögen hervor, doch war der Blick jetzt weniger stier, und abermals zog er die Brauen zusammen und nagte innen an der Lippe, als dächte er nach. Seine Lider wurden feucht, die Mundwinkel zuckten, und schließlich murmelte er etwas, das sich wie eine fremde Sprache anhörte, vielleicht aber auch nur undeutlich war, und mein Vater nickte. »Sicher«, sagte er behutsam. »Du hast ja recht.«

Immer noch jagten sich die Nebelkrähen über dem Schuldach, ein wildes Geflatter und Gezänk, und ich schrak zusammen, als eine Nuss wenige Schritte entfernt auf den Asphalt fiel. Sie rollte ein Stück weit auf uns zu, eine graue Walnuss aus dem Vorjahr, mit einem kleinen Loch in der Schale, und plötzlich ließ der Mann den Arm sinken und steckte die Pistole, an der ein paar Mohnkörner klebten, zurück in die Tasche. Dann drehte er sich um und ging davon.

Im Gegensatz zu dem stoppeligen Gesicht war die kahle Stelle an seinem Hinterkopf wachsweiß, und erst jetzt, mit zunehmender Entfernung, fiel mir auf, dass ihm der Mantel mit dem frei hängenden Frotteegürtel überhaupt nicht passte: Fast glitt er ihm von den schmalen Schultern, die Ärmel bedeckten die Finger bis zu den Nägeln, und auch die Säume der hellblauen Schlafanzughose schleiften über den Boden und waren schon zerfranst. Ohne auf den Verkehr zu achten, überquerte er die Elpenbachstraße und betrat den Sportplatz, wo die Sonne das Gras inzwischen getrocknet hatte und die dicken Kalkmarkierungen gelblich wurden, wie geronnene Milch.

In meinen Därmen begann es zu rumoren. Auch mein Vater blies die Backen auf und strich sich durch die Haare. Erneut griff er nach meiner Hand, und wir setzten unseren Weg fort, wobei er mehrmals zurückblickte, ehe er sich wie immer hielt, leicht gekrümmt von der Arbeit unter Tage. Seine Finger fühlten sich feucht an, aber vielleicht waren es auch meine, und ich sagte leise, als könnte der Mann uns noch hören: »Die war bestimmt nicht

echt, oder? Das war so eine Attrappe oder eine Schreck-
schusspistole. Was meinst du, war die echt?«

Nachdenklich schüttelte er den Kopf – die gleiche knap-
pe Bewegung, die er auch machte, wenn man ihn beim
Lesen oder während der Tagesschau mit einer Frage stör-
te, ein stummes: Jetzt nicht. Aber die Antwort erledigte
sich, als wir den Spielzeugladen betraten und ich die großen Plastikwaffen mit den hohlen Griffen, bunten Ma-
gazinen und falschen Fernrohren an den Wänden sah.
Albern kamen sie mir vor angesichts der silbergrauen
Kompaktheit jener Pistole, der man das Gewicht angese-
hen hatte, den kalten Ernst und die himmelschreiende
Eleganz des Todes.

Mein Vater sprach mit der Verkäuferin, und die hielt
sich eine Hand vor den Mund. Sie wählte die Nummer
der Polizei und reichte ihm den Telefonhörer, an dem
Krümel klebten; aber das hatte er auch gesehen, wischte
sie weg. Er musste zuerst unseren Namen buchstabieren,
unsere Adresse angeben und wo er sich befand, ehe er
von dem Verwirrten vor der Schule erzählen konnte.
»Nein, er ist weitergegangen, Richtung Dorstener Straße«, sagte er. »Ich weiß nicht, Mitte oder Ende vierzig
vielleicht. – Natürlich war es eine Pistole, geladen und
entsichert, und er hatte kurz vorher damit geschossen;
ich hab die Rußspur noch an der Jacke. – Ja, das kann
ich: Eine Sauer 38. – Wie bitte? Wieso? Ich war Soldat,
hatte dieselbe. Nein, auch mein Junge ist wohlauf.« Und
dann hängte er ein, und wir ließen uns den Bauernhof
zeigen.

Das Fachwerkhaus, die Scheune und das Silo gehörten zusammen mit einem Zaunsortiment zum Standardpaket. Den Traktor und die Tiere musste man aber dazukaufen, und die Frau nahm eine Preisliste aus der Lade und stellte ein paar Schachteln voller Figuren vor uns hin. Fünf oder sechs Zentimeter waren die Menschen groß, entzückend detailgenau bemalt, und da mein Vater glaubte, ich wüsste besser, was meinem Bruder gefiel, überließ er mir die Auswahl.

Inzwischen unterhielt er sich mit der Frau, die ihm ein Glas Wasser gebracht hatte. Fülliger als meine Mutter war sie und wickelte sich ein Kettchen um den Zeigefinger, während sie ihn anlächelte. Ich entschied mich für einen Trecker mit der Aufschrift »John Deere«, einen Bullen mit Nasenring, ein paar Kühe und eine Melkerin auf einem einbeinigen Schemel. Das Größenverhältnis war perfekt; man konnte ihre hohlen Hände an die winzigen Zitzen stöpseln. Die Sense des breitschultrigen, in den Hüften etwas verdreht dastehenden Bauern im Blaumann hatte sogar Scharten, und der Schwung, mit dem er damit ausholte, wurde betont von dem Gegenschwung seiner weizenblonden Tolle.

»Der könnte mir auch gefallen«, sagte die Verkäuferin, während sie alles zusammenrechnete, und ich erschrak; fast so teuer wie der ganze Hof war das Zubehör. Aber als ich zu meinem Vater aufsah, zuckte der nur mit den Schultern und zog sein Portemonnaie hervor. Dann ließ er mich das Wasserglas leeren, und erst beim Trinken wurde mir bewusst, wie brennend mein Durst war.

Auf dem Rückweg mieden wir den Sportplatz und gingen durch die Steiger-Siedlung hinter der Kirche, wo von dem Mann mit der Pistole zum Glück nichts zu sehen war. Überhaupt gab es keinen Menschen, kein Martinshorn, keine Polizeistreife weit und breit, und mein Vater reichte mir den Karton mit den Spielsachen; er wollte sich eine Zigarette anstecken. Dabei hob er eine Braue und musterte mich über das Flämmchen hinweg. »Mach dir keine Sorgen, hörst du. Der war vermutlich nur betrunken und ist längst über alle Berge«, sagte er, den Rauch fein durch die Nase stoßend. »Die vertragen einfach kein Feuerwasser, diese Apachen.«

»Wieso Apachen?«, fragte ich. »War er denn Indianer?«

Er zuckte mit den Schultern. »Wer kann das wissen. Sah er nicht sogar ein bisschen wie dein Geronimo aus? Die schmalen Lippen, die schwarzen Haare, der brennende Blick … Und wenn man sich ein Stirnband dazu vorstellt … «

Wahrscheinlich dachte er an das Foto des Häuptlings, das zwischen denen von Tecumseh und Tatanka Yotanka über meinem Bett hing, und ich schüttelte den Kopf. »Nein«, antwortete ich. »Überhaupt nicht. Geronimo würde so etwas nie tun.«

Ohne es zu sagen, meinte ich damit, er würde niemals friedliche Menschen bedrohen, keine Kinder und schon gar nicht meinen Vater, und der nickte. »Tja, wahrscheinlich hast du recht. Ein bisschen speziell war der Bruder schon. Und außerdem … « Er zwinkerte mir zu. »Indianer tragen keine Schlafanzüge, stimmt's?«

Grinsend gingen wir über die Straße. Im Fenster des Schreibwarengeschäfts lagen wie an jedem Freitag die neuen Supronyl-Schwarten aus, wobei die mit den violetten Galaxien und brennenden Raumschiffen auf den Umschlägen zuerst ins Auge fielen. Auch die Titelbilder der Abenteuerromane voller Dschungelpflanzen und Anakondas oder die der Krimis mit den kurvigen Blondinen im Schatten harter Kerle fand ich interessant. Aber die Umschläge der Western, die mein Vater meistens las, am liebsten von Robert Ullman oder G. F. Unger, waren eher langweilig: immer nur schiefe Schuppen mit der Aufschrift »Saloon« über der Pendeltür, immer nur braune Pferde oder Felsnadeln am Horizont. Nicht ein einziger Indianer.

Er ging bereits weiter, zog sein Taschentuch hervor und entfernte den Rußfleck auf der Jacke. Ich umschlang das sperrige Paket fester. »Sie haben neue!«, rief ich ihm nach. »Willst du dir keine ausleihen?«

Kopfschüttelnd drehte er sich um. »Jetzt nicht«, sagte er und blickte über mich hinweg zur Kirche, wo gerade eine Tür ins Schloss fiel. »Morgen vielleicht. Komm nach Haus.«

Auch das geht vorbei

Der erste Gedanke damals, ihr allererster Satz. Und was war davor? Licht, Farben, Gras und Reflexe – ein Duft und ein Geflacker von all dem, was halt geschieht in einem Kind von fünf, sechs Jahren. Da waren Wünsche mit Zuckerrand und Tränen im Schlaf, da war der Traum von einem weißen Hund, aber nichts Sprachliches, kein Wort bis dahin, oder nur Reklame. Meister Proper löst im Hause jeden stumpfen Schmutzbelag. Und die Stufen, die frisch gewischten, werden immer höher, je näher sie der Tür kommt, atemlos vor Angst, und den ersten artikulierten Satz ihres Lebens denkt: Auch das geht vorbei.

Komm rauf! oder Raufkommen! ruft die Mutter nur, wenn es Saures gibt. Ihre Stimme klingt gepresst, sie spricht durch die Zähne. Was hab ich dir gesagt? Punkt zwölf, wenn die Glocken läuten, sitzt du am Mittagstisch! Ohrfeige, mit Ringen an den Fingern. Was hab ich dir gesagt? Spätestens wenn die Laternen angehen, bist du zu Haus! Holzlöffel oder Pfannenschieber aus Bakelit. Und Küssen gespielt mit Ole Hilpert: Teppichklopfer. Auch grundlose Schläge kommen vor, verträumtes Nasebohren reicht schon. Hast du mich verstanden? Ob du mich verstanden hast!

Hohe Absätze trägt die Mutter, Keile aus Kork, tack, tack. Sie schlägt Marlies die Hand beiseite, wenn die versucht, sich die Schuhe zu binden, macht es schneller selbst. Steh nicht im Weg, räum dein Zeug fort, leg den Brieföffner hin! Und hat sie es dann geschafft für den Tag, das Putzen, Waschen, Gardinenaufhängen mit Nadeln zwischen den Lippen, hat sie endlich den verdienten Kaffee gebrüht, ist der Dreck schon wieder da: in den Haaren die Grannen vom Spielen im Feld, an den Schuhen der Teer von der neuen Straße. Und wie kommt der Sand in deinen Ranzen? Der tote Spatz in die Butterbrotdose? Du sollst mich kennenlernen.

Einmal nur, ein einziges Mal blieb die Strafe aus: die frisch lackierten Fingernägel. Kramt ihre Mutter in der Lade, ist Holz zu hören, Plastik und Metall, und Marlies' Kinn beginnt zu zittern. Dann der Griff in den Nacken, und schon beim ersten Schlag auf die bloßen Schenkel verliert sie etwas Urin. Aber fast unglaublicher als der Schmerz sind die Augen über ihr, das kalte Verhängnis bei sachlichem Blick, und sie windet sich und schreit in der Hoffnung, dass die Nachbarn sie hören und klingeln und helfen. Doch niemand klingelt, niemand hilft, und auch das geht vorbei. Du musst dich nur öfter umdrehen im Bett.

Der Glanz im Leben: Bohnerwachs. Frau Langenhorst malt der Klasse das Paradies an die Tafel, mit rotem Apfel, Schlange, Feigenblatt. Eva hat keine Brustwarzen, und Ole Hilpert muss in die Sonderschule. Ihr Vater kommt am Nachmittag von der Arbeit, isst, trinkt

Milch und legt sich hin. Steht kurz vor der Tagesschau auf, raucht, trinkt ein Bier und legte sich wieder hin. Die Mutter raucht auch, aber allein in der Küche, wo sie ihren Moralischen hat. Sie wickelt kleine Pfennigsäulen in Zeitungspapier, doch als ein Bettler anklopft, weist sie ihn ab. Wer schenkt mir was.

Schrankwand, Kühlschrank, alles auf Raten. Eine neue »Constructa«, aber kein Geld für das Kommunionkleid: von Inge Hermann geliehen. Die Siedlung zerreißt sich das Maul, und dann auch noch dieser Fleck, Kirschtorte und Kakao. Groß wird er erst durch das Wischen und Rubbeln, das Oberteil ist nicht zu retten: Du verfluchtes Balg! Holzlöffel, bis er bricht, und wimmernd vor Wut der Griff in die Haare, den Kopf gegen den Spülstein, wie steh ich jetzt da. Zum Glück nur ein Milchzahn. Selbst das Blut weggewischt.

Das Schweigen des Vaters, sein trauriger Blick über den Tellerrand, Spinat und Püree. Was hat die Kleine da am Mund? Keine Wimper zuckt, keine Drohung verdunkelt die Miene der Mutter, nur der Schatten der Gabel kriecht über den Tisch. Wo denn? Ach das … Sie hat sich mit den Jungs gekloppt. Da lächelt er müde, fährt Marlies übers Haar. Und? Hast du gewonnen? Natürlich hat sie gewonnen! Sie ist doch deine Tochter.

Und kann sich mit elf noch nicht die Schuhe binden; eine Schleife ist so kompliziert. Immer schlechter im Unterricht, alles fließt durch sie durch, keine Vokabel bleibt im Kopf, tack, tack. Was willst du auch mit einem Abitur; meinst du, dann bügelst du besser? Auf dem Schulklo geraucht und größere Jungs gewichst unter der Brücke; Inge Hermann erzählt es herum. Und wieder Schläge, mehr, als auf eine Haut passen, was hat sie denn getan? Weil sie Papas Augen hat, Papas schönen Mund? Weil sie aussieht wie der, der seine Frau nicht mehr liebt? Den seine Frau nicht mehr liebt?

All die kleinen Italiener, die zur Nachtschicht kommen. Einer bringt ihr Süßes aus Neapel mit, kandierte Mandeln, in ein Stück Brautschleier gewickelt. Schule geschwänzt, Unterschriften gefälscht, wirst du jetzt auch noch frech? Beste Freundin Billy Bremer, Mondlandung im Bett, Houston, wir haben ein Problem: Wo, bitte, liegen die Eierstöcke? Spaß machen, Spaß haben, bis die Laternen angehen. Und wieso kommst du so spät? Hast du etwa Alkohol getrunken? Was geht es dich an.

Teppichklopfer, das Kramen im Schrank nach dem Teppichklopfer: Rate mal, wo er ist. Die drohend erhobene Faust voller Kaufhausringe, der stiere Blick. Solltest du mich noch einmal schlagen, sag ich dem Papa, wer alles hier schläft, wenn er Nachtschicht hat. Und schau mal, zitternde Lippen, Tränen in den kalten Augen. Na und? Kann er doch wissen! Sag es ihm ruhig, du Scheißfotze von einer Tochter. Du Mistpacksaustückfickdreck! Echte Tränen.

Auf Wiedersehen Frau Langenhorst mit der Halleluja-Zwiebel, wie soll ich mit dem Zeugnis Krankenschwester werden. Darfst du eh erst ab siebzehn. Also vorher ein bisschen Handelsschule. Schreibmaschine im verdunkelten Raum, Zungenkuss Zwei plus. Und wo liegt die

Prostata? Auf mir drauf. Aber die süßen Jungs hier werden mal Geschäftsführer der Traurigkeit, sagt Billy, Kippe in der hohlen Hand. Und dann ist sie noch vor der mittleren Reife schwanger. Wie, von wem? Ist es nicht egal, von wem? Eigentlich schon. Wenn du nur dein Kind nie schlägst, versprochen? Ach, ein Klaps hat noch keinem geschadet.

Entbinden soll Billy in Ostwestfalen, bei der Oma, wo sie niemand kennt, und Marlies besteht die Prüfung am Klinikum in Essen. Endlich eine richtige Stadt! Graues Kittelkleid, gestärktes Häubchen, schwere Brosche mit rotem Kreuz. Aber es gibt so viele Knochen, Sehnen, Muskeln, so viele Schmerzen, warum kann sie das nicht behalten. Keine Ruhe, keine Konzentration, die Hand mit dem Katheter zittert. Sie sind nicht in der Vene, sagt der Mann, ein junger Ukrainer, und rasch tupft sie ihre Tränen von der fremden Haut. Ich weiß, sagt sie leise, und da lächelt er und spritzt sich das Prednison selbst.

Vadim ist ein zärtlicher Name. Im Heim, einem Hochhaus, müssen Besuche angemeldet werden, keine Männer nach zehn, und er besorgt dem Pförtner ein paar Joints und bleibt über Nacht. Das Bett ist nur achtzig Zentimeter breit, ein Bett für Verliebte, schreibt sie Billy nach Paderborn. Und: Zwischenprüfung bestanden! Aber jetzt kommt die Neurologie, es gibt nichts Komplizierteres als das Nervensystem; warum muss man das wissen? Leert man dann die Nachttöpfe besser?

Vadim will mehr, als er kann; sein Penis schmerzt. Sie besorgt ihm sterile Kanülen, damit er sich nicht infiziert.

Trotzdem kriegt er gelbe Skleren, und eines Morgens, die Einstichstelle blutet noch, sieht er eine Katze. Wie kommt die fremde Katze auf den Balkon im zehnten Stock? Über andere Balkone? Eine schwarze, zarte, zitternde, mit weißen Pfoten und einem weißen Fleck neben der Nase. Niemandem im Haus fehlt eine Katze, ein Tier ist nicht verboten, lassen Sie es eintragen.

Viele Schwesternschülerinnen fallen beim ersten Mal durch die Prüfung, solche Mengen kann keiner lernen neben der Arbeit. Die ewige Eile, die schweren Menschen, das Kreuz, du darfst nicht immer nur Dienst machen, sagt Vadim, probier das mal, das entspannt. Sie nennen die Katze Anna, sie sieht wie eine Anna aus, und er streut ihr Schwarzen Afghanen ins Futter, winzige Dosen, dann leckt sie sogar Eis. Soll noch einer sagen, Homöopathie ist Quatsch.

Billy Bremer hat eine Totgeburt und kurz darauf einen neuen Freund, einen älteren schon, der Autos in den Iran exportiert, für die Offiziere des Schahs. Er sucht Chauffeure ohne Zollstempel im Pass, und Vadim fährt einen BMW nach Teheran, Hotel Amir Kabir. Sechshundert Mark kriegt er dafür und bringt ihr ein Geschenk aus Istanbul mit, aus dem Puff. Drei Tage Krämpfe in der Gynäkologie, Angst und Novocain, weil du dich nicht beherrschen kannst.

Er hört »When the Music's Over« und weint. Umbringen will er sich, weil er nicht loskommt vom Junk, aus dem zehnten Stock springen, und wer muss dann eigentlich den Schaden bezahlen, im Vordach den Riss? Sie bittet den Pförtner, ihn nicht mehr hereinzulassen. Nein, er ist nicht mein Freund, schon lange nicht mehr. Er ist ein impotenter Fixer mit einem violetten Schwanzkarzinom und Hepatitis C, flüstert sie Anna ins Ohr. Aber er hat mir gezeigt, wie man eine Schuhschleife bindet.

Die nächste Prüfung schafft sie nicht und muss umziehen, im Heim dürfen nur Schwesternschülerinnen und examinierte Kräfte wohnen. Sie aber ist jetzt Helferin, ohne Brosche und Haube, sieht eh flotter aus. Aber was ist plötzlich mit dem Herzen? Vegetative Dystonie in Ihrem Alter? Arbeiten Sie zu viel? Sitzwachen in der Chirurgie, zwei Schichten täglich, der Miete wegen, und einmal nachts kommt Vadim vorbei, oh blasser Geliebter, und sie reden neben einem Koma-Patienten, lachen sogar leise. Fast hätten sie sich wieder geküsst. Aber dann, sie war nur Blutdruck messen im Nebenraum, fehlen Spritzen und eine Flasche Insulin.

Die Katze wird frech, pisst in jede Ecke der neuen Wohnung, zerkratzt die Tapete. Ein Schlag mit dem Holzlöffel, ein Wurf mit dem Schuh, und sie rennt davon und reißt das Telefon vom Tisch, den Anrufbeantworter, ebenfalls neu. Hallo? Hier spricht deine Mutter; ich hasse diese Apparate. Was muss man denn jetzt sagen? Herzlichen Glückwunsch zum Geburtstag! Ich weiß, dass er vorige Woche war, aber ich habe auch meine Probleme, stell dir vor. Dein Vater hat mich verlassen. Er ist nach Norddeutschland gezogen, zurück in die Kuhscheiße. Soll er glücklich werden.

Vadim ist nicht zu erreichen, seit Tagen nicht, Vadim

liegt neben dem Heizkörper und stinkt schon. Insulin, sanfter Tod, wie kam er an so viel Insulin? Hatte er das von Ihnen? Auf dem Stauschlauch steht »Chirurgische Wachstation«, das Klinikum schmeißt sie raus, und nach der Beerdigung, dem Sozialbegräbnis in einer Urne aus Pappe, kopiert sie Baupläne und fährt sie zu den Architekten. Die Ammoniakdämpfe der Pausmaschinen reizen den Magen und die Bronchien, ihre Hände zittern, während sie die Katze streichelt. Aber das Schnurren unter den Fingern tut wohl.

Die Firma expandiert, Betriebsfest im Siegerland, Hotel mit Pool. Gül, die türkische Sekretärin, trägt als Einzige einen Badeanzug in der Sauna und nennt den nackten Chef »Herr Dr. Mommsen«. Später zu dritt in ihrem Bett, besoffen natürlich, und nun behält Marlies die Wäsche an. Sie tut, als ob sie schläft, schiebt die Hand beiseite, den Finger, den er ihr schon reingedrückt hat, während er die Sekretärin rammelt.

Die Katze schreit. Frische Hähnchenbrust, sie hält sie ihr vor die Nase und zieht sie blitzschnell wieder zurück, wer schenkt mir was. Ein Brief des Vaters zwischen der Reklame. Mein liebes Kind, wieso denn Scheidung, wir sterben doch eh bald. Mir geht es gut an der Schlei; hier oben gehöre ich hin, sonst wäre ich hier kaum geboren worden. Die Arbeit in der Gärtnerei ist nicht so schwer, im Stahlwerk war es härter, und ich wünsche Deiner Mutter das Beste; ein frommer Wunsch, denn sie hat noch stets alles Gute ins Gegenteil verkehrt. Dein alter Vater, der hoffentlich bald Großvater wird.

Dabei ist er nicht viel älter als Mommsen, der sich im Schutz der Maschine an sie drängt. Über die Pläne gebeugt, spürt sie sein hartes Ding an ihrem Hintern und tritt aus mit den Cowboystiefeln. Er taumelt gegen den Ammoniak-Tank, wir haben uns das überlegt, Marlies, das ganze Team. Es ist nichts Persönliches, aber wir sind der Meinung, dass du nicht so recht zu uns passen willst. Die Katze hat ins Bett geschissen, auf die neue Matratze, und faucht und duckt sich unter dem Apfel weg. Der zerplatzt an der Wand.

Es ist nichts Persönliches. Sie kriegt sie, die viel zu fette mittlerweile, im Genick zu fassen und reißt sie am gestreckten Arm in die Höhe. Mit der freien Hand kramt sie in der Lade voller Besteck, holt aus und schlägt die Suppenkelle mit Wucht auf die Flanke, den Rücken, das Hinterbein des Tiers. Du sollst mich kennenlernen. Und die zuckende Anna, den Hals zugeschnürt vom eigenen Fell, sie kann nicht schreien, nur ächzen und windet sich mit letzter Kraft um ihren Arm, drückt alle Krallen in ihr Fleisch.

Die Kelle fällt zu Boden, das Tier rennt ins Schlafzimmer, und sie mustert die Kratzer fast amüsiert. Berauscht von der Hitze in ihrem Gesicht, dem eigenen Blut, nimmt sie den Schrubber mit den Plastikborsten, geht auf die Knie und stößt ihn unter das breite Bett, immer wieder in den gesträubten Fellklumpen dort, bis das Fauchen zum dunklen Knurren wird und die Katze den Vorhang hinaufrast bis zur Schabracke. Wo sie zitternd gegen das Fenster pisst. Kein Mensch kann so viel pissen vor Angst.

Hinterm Park ist die Bibliothek, ein Raum aus Ruhe. Die meisten Studenten, die heimlich Kekse in ihren Taschen brechen, sind jünger als sie und wahrscheinlich klüger, aber was sie liest unter den grünen Lampenschirmen, langsam, sehr langsam, wobei sie die Lippen bewegt, um die Buchstaben zu fühlen, weiß sie längst. Sie hat es nur nicht so deutlich gedacht: dass einer, geprügelt oder auch nur geschüttelt aus dem heiteren Himmel der Kindheit, alle Weisen der Welt studieren kann und sich dennoch immer ducken wird vor dem Schatten der Gewalt, der schon in einem Blick, einem Ton, ja sogar in der Schönheit flackert.

Und auch wenn er Jahre oder Jahrzehnte später glaubt, alles hinter sich zu haben, und niemandem etwas nachträgt, muss er doch sehen, dass der Verlust des frühen Vertrauens ihn misstrauisch macht gegen alle für immer. Dass die Gewissenlosigkeit, die ihm begegnet ist, sein eigenes Gewissen relativiert und dass ihn der Schmerz, den er erlitten hat, unempfindlich macht für die Schmerzen, die er anderen bereitet. Und dann kann ihn nur noch eines retten.

Hallo? Hier spricht deine Mutter, nimm mal ab. Was macht denn die Liebe? Wärst du damals Schwester geblieben, hättest du jetzt einen Arzt. Und wovon lebst du? Was ist das, ein Behindertencafé? Ein ganz normales Café ohne Barrieren, mit etwas mehr Platz zwischen den Tischen, für die Rollstühle; da bedient sie die Espressomaschine und macht die Küche. Was heißt das? Was essen die denn? Toast Hawaii, Chili con Carne, Kleinigkeiten. Alles hell und freundlich, Birkenholz, stille Menschen, demütig fast; nur ab zweiundzwanzig Uhr wird's lauter, dann kommen Abendschüler von nebenan und sind um Mitternacht, weinselig und voller Karrierepläne, nur schwer hinauszukriegen.

Automatische Tür, und einer, ein Großer, drei Bier, zwei Whiskey, kein Trinkgeld, steht noch in der Lichtschranke und redet mit theatralischen Gesten. Eigentlich ein schöner Mann, und als sie ihn sanft, nur mit einem Finger, am Ellbogen berührt und freundlich auf den Gehweg weist, damit sie endlich schließen können, klatscht er ihr den Handrücken ins Gesicht. Fass mich nicht an, du Fotze. Sofort verliert sie etwas Urin.

Das macht niemand mehr mit dir, war ein Gedanke. Aber natürlich bestand keine Notwendigkeit, sie hätte sich auch umdrehen können mit ihrer brennenden Wange, Feierabend. Sie ist eine erwachsene Frau mit Gastronomieerfahrung. Er wollte halt großtun vor seinen Leuten, der zukünftige Geschäftsführer der Traurigkeit, so geht das hier, Baby, und obwohl sie nicht fest zurückschlägt, wie sie glaubt, eigentlich nur, um nicht feige auszusehen, taumelt er zur Seite, hält sich die Hände vors Gesicht. Blut trieft in langen Fäden zwischen seinen Fingern hervor. »Ich bin blind!«

Wie zart, wie verletzlich ein Mensch ist, selbst so ein großer. Während ihr Puls in den Schläfen pocht und sie mit allen wartet, bis Krankenwagen und Polizei eintreffen, zieht sie die winzigen Splitter seiner Brille zwischen ihren Faustknöcheln hervor und tupft die Wunden ab, die winzige Narben ergeben werden, für immer.

Formalitäten, Zeugenaussagen, Hausrecht, keine Angst, aber spät in der Nacht fährt sie zu dem weitläufigen Klinikgelände, wo es so still ist, dass sie die Herztöne hinter den Mauern hört, das EKG. Die Schwester in der Ambulanz erkennt sie wieder, verbindet ihr die Hand und blättert im Operationsbericht. Na ja, links wird er wohl eine Murmel brauchen, auf jeden Fall eine permanente Kontaktlinse mit Iris-Aufdruck, wie David Bowie. Und ist nicht mal krankenversichert, der Idiot.

Die Abendschüler boykottieren das Café, ein Umsatzrückgang um wie viel Prozent? Ihre Kolleginnen sehen sie seltsam an, und eine rümpft sogar die Nase. Soll ich dir mein Deo leihen? Die Katze verkriecht sich unterm Bett, sobald sie ihre Schritte hört, tack, tack. Fast leer der Eisschrank, sauer die Milch, sie muss frische kaufen, und schließlich biegt sie ab, fährt auf die B1. Ach du. Lässt du dich auch mal wieder sehen.

Das Blau in den Augen der Mutter wird immer dunkler, das Weiße ist trüb. Fanta mit Korn, ein großes Glas, mehr Korn als Fanta; danke, ich bleib bei Tee. Immer noch keinen Kerl? Ist vielleicht auch besser für dich. Dein Vater will sich jetzt doch scheiden lassen; hat wahrscheinlich eine andere, kennt man ja. Und was ist mit deiner Hand? Bitte, dann eben nicht. Keiner muss reden. Ich werd mir eine kleinere Wohnung suchen; ab sechzig ist unsereins sowieso durchsichtig, da braucht man nicht mehr auf den Traumprinzen zu warten. Was für ein Leben! Möchte mal wissen, was ich verbrochen hab. Aber na ja, auch das geht vorbei.

In der Küche riecht es nach Meister Proper, erinnerst du dich? Du konntest das singen: Löst im Hause jeden stumpfen Schmutzbelag und lässt alles wieder spiegeln wie am allerersten Tag. Wieso Prügel? Du hast mal was hinter die Löffel gekriegt, wie andere Kinder auch. Willst du noch Tee? Oder ein Honigbrot? Ach Quatsch, erzähl mir doch nichts, der Milchzahn war eh schon locker. Was meinst du, was meine Mutter alles auf mir kaputt geschlagen hat. Und? Hat es mir etwa geschadet?

Vier kleine Brüder musste ich hüten, solange sie auf dem Feld oder beim Melken war. Und wenn die Racker irgendeinen Mist gemacht hatten, was leer gefressen, ein Küken zerdrückt, wer kriegte dann Saures? Na siehst du. – Du kannst dich nicht beklagen, hast keinen Krieg erlebt, keine Russen, als du fünfzehn warst. Mit Angelgarn wurde ich da unten zusammengenäht, ohne Narkose! Nach diesen dreckigen Kerlen in den blutigen Uniformen ohne Narkose, es gab ja nichts. Und Jahre später kommst du zur Welt und reißt alles wieder auf. Rauchst du denn gar nicht mehr?

Auch gut, hab ich eine gespart. Inge Hermann war übrigens im Krankenhaus, Schlaganfall, stell dir vor. Gerade glücklich geschieden wegen so einem Busfahrer aus ihrem Fitness-Club, da haut es sie um. Sie geht am Stock, kann nur noch sabbern, erinnert sich aber gut an das Kommunionkleid, das wir ihr mal geliehen haben. Das arme Kind. Und der Busfahrer ist natürlich weg.

Fast leer die Schnellstraße, und dennoch verpasst sie den Abzweig. An der Tankstelle kauft sie eine kleine Flasche

Wein und ein Päckchen Kochschinken ohne Verfallsdatum, darum billiger. Die Wohnung ist still, riecht immer noch nach Urin; die Katze humpelt unters Bett und lässt sich nicht hervorlocken, rührt das Fleisch nicht an. Bluse bügeln, Haare waschen, Zähne putzen, Tagesthemen, rührt das zarte Fleisch nicht an. Schlafmittel mit einem Glas Roten, Licht aus, Vorhang vergessen, und sie schließt die Augen, schluckt ihre Tränen.

Du kannst dich wirklich nicht beklagen. Sie träumt von ihrem Vater, der winzige Blumentöpfe in den Händen hält. »Arktische Rosen«, sagt er lächelnd, und als sie mitten in der Nacht von raschen Schritten auf dem Trottoir erwacht und momentlang nicht weiß, wo sie ist, liegt Anna neben ihr im Bett. Mondlicht auf den Haarspitzen des schwarzen Fells, ein Schimmern bei jedem Atemzug, hat sie sich zusammengerollt in der Mulde vor ihrem Bauch. Sie schnauft nicht, schnurrt nicht, und wer könnte es wagen, sie zu berühren. Sie liegt ganz still und schläft.

Der Dicke Schmitt

Er drückte die Tür seiner Baracke mit dem Ellbogen zu und brach ein Päckchen »Ernte 23« aus der Stange. Der Wind wehte einen glitzernden Fetzen Cellophan über die Baustelle. »Beweg deine Haxen«, sagte er zu Tiago, der ihm die tägliche Milch gebracht hatte und noch Dutzende Brötchen verteilen musste, »die Pause ist gleich vorbei.« Dann riss er ein Streichholz an.

Die Mittagspause hatte gerade erst begonnen, und er stieß den Rauch durch die Nase und sah mir beim Reparieren meines Fahrrads zu; die Handbremse klemmte. »Wir sind im Verzug«, sagte er, der trotz seines Spitznamens nicht sehr dick war, auch nicht groß, eher stämmig oder »schwerknochig«, wie meine Mutter das nennen würde. Der Kopf mit dem fahlblonden Haar war stets gerötet, und ich kann mich zwar an die Mulde an seinem Kinn und die kurzen, vom Nikotin vergilbten Finger erinnern, nicht aber an die Farbe der Augen. Kaum jemand sah ihm länger ins Gesicht.

Elmar hieß er, war Oberpolier, und dass man ihn »Dicker Schmitt« nannte, meinte wohl eher die raumgreifende Stimme des über Fünfzigjährigen, ein Organ für sich. Wenn sie, tief angeraut vom vielen Rauchen, durch die kahlen Bauten hallte oder vom Gerüst herabdonnerte, gab es kaum jemanden, der nicht aufhorchte oder gar zusammenzuckte. Die Eisenwichser, hektisch flüsternd, stellten ihre Flaschen weg, die Hammerschläge der Einschaler folgten rascher aufeinander, und die Kellen der Maurer pfiffen nur so über die Fugen.

Von den Kranführern, den Vorarbeitern und den älteren, gut und solide arbeitenden Gesellen abgesehen, fanden nur wenige Gnade vor seinem genauen Blick, schon gar keine Stifte. Kaum je stellte deren Arbeit ihn zufrieden, nichts ging ihm schnell genug, und die am meisten von ihm gehörten Sätze in meiner Lehre waren: »Das sieht ja aus wie hingeschissen!«, »Ich tret' dir gleich in den Arsch, wenn das nicht anständig wird!« oder »Wirst du heute noch mal fertig?«. Dabei spürte man seine Lust am Niedermachen, die herbe Freude an der Angst der Opfer oder ihrer Scham vor den Kollegen, und wie oft in den ersten Monaten der Ausbildung hatte ich mir nach seinem Gebrüll geschworen, nie mehr eine Baustelle zu betreten. Doch damals war ich gerade vierzehn Jahre alt gewesen und konnte Verletzungen und Tränen schnell vergessen.

Zudem gab es etwas an ihm, das ich mochte: die fast zärtlich anmutende, alles andere ausschließende Hingabe an sein Tun und den Ausdruck jener Geistesabwesenheit in seinem Gesicht, die in Wahrheit höchste Präsenz ist. Der Bau, sein Heranwachsen und sein Gelingen, war eindeutig seine Passion, und dass er die überhaupt hatte und nicht bloß Geld verdienen wollte, immer mehr Geld wie die meisten, verlieh ihm eine Aura, die ich bis dahin nie und auch später im Leben nur selten gesehen hatte.

In der Brusttasche seiner weißen Jacke steckten stets ein paar verschiedenfarbige Kugelschreiber. Es gab eine Schraffur aus bunten Strichen, die entstand, wenn er sie nach einem eiligen Vermerk auf dem Plan wieder zurücksteckte, ohne auf den Knopf gedrückt zu haben. »Es wird eng, wir sind verdammt noch mal im Verzug«, wiederholte er. »Uns sitzen die Auftraggeber im Nacken, und ich kann dich auf meiner Baustelle nicht gebrauchen, Simon, wenn du nicht im Akkord arbeitest.«

Das ist stark, war mein erster Gedanke, das hast du davon; jetzt kommt also die Vergeltung. »Auch gut«, sagte ich, wobei ich gar nicht desinteressiert tun musste; ich war es wirklich und warf die Zange in den Werkzeugkasten. »Dann schick mich halt auf eine andere.«

Beide wussten wir, dass das Rathaus an der Mecumstraße zurzeit die einzige Baustelle der Firma war, jedenfalls in unserer Region, und er antwortete nicht, nickte nur und zupfte sich etwas trockene Haut von der Lippe. Dann schnalzte er verächtlich, riss die Tür auf und stampfte in seine Baracke. Der Blechboden dröhnte unter den genagelten Sohlen, und schon dachte ich, die Sache wäre damit erledigt. Aber plötzlich glitten ein paar Pläne vom Tisch auf den Boden und rollten sich in der Ecke zusammen. »Hör mal zu, du arrogantes …!«

Wieder in der Sonne, nahm er den weißen Polierhelm ab, was ihn seltsamerweise nicht kleiner machte, im Gegenteil. Sein kantiger Kopf wirkte noch bedrohlicher, die

Schläfenadern schwollen, und auf dem Grund seiner Stimme war dieses seltsame Sieden, das sich für mich immer anhörte, als hätte er mit heißem Quecksilber gegurgelt. »Bloß weil du jetzt zur Abendschule gehst, musst du hier nicht den feinen Pinkel spielen. Jeder will was verdienen, alle rackern im Akkord, nur du möchtest keine Schwielen an den Fingern, oder was? Weißt du, wie viel Konventionalstrafe die Firma zahlen muss, wenn wir nicht fristgerecht fertig werden? Bist du so blöd, dass du nicht kapierst, was hier auf dem Spiel steht? Das ist auch deine beschissene Arbeitsstelle!«

Als ob ein einzelner Maurer den Zeitplan beeinflussen könnte! Und natürlich hätte ich nichts gegen mehr Lohn gehabt, im Gegenteil. Aber am Ende war ich doch zu stolz: Ich wollte mich nicht eingliedern in eine Gruppe abrechnungswütiger Pfennigfuchser, die nur laufende Meter und Kubikmeter zählten und schon schief guckten, wenn du eine Zigarette rauchtest oder zu lange auf dem Klo bliebst. Ich kannte keinen Kolonnenführer, der unter Akkordbedingungen nicht zum Kapo wurde, und das widerstrebte mir. Außerdem arbeitete man immer schlechter unter Zeitdruck, und natürlich ging es auch dem Dicken Schmitt in Wahrheit um etwas anderes; ich sah Franziskas Profil in seinem, ihre lichte Stirn.

Am Abend dieses Tages hatte ich meine letzte Prüfung vor mir; lediglich eine Deutscharbeit trennte mich noch vom Abitur, und schon im Herbst wollte ich auf die Technische Universität in Westberlin. Ich setzte mich auf das Rad und sah in den blauen Himmel. »Auch meine Arbeitsstelle …«, murmelte ich und nickte. »Aber Gott sei Dank nur noch ein paar Wochen. Und übrigens: Ich bin nicht mehr dein Stift, Elmar, ich bin Geselle. Du kannst also ganz normal mit mir reden, ohne Kraftausdrücke und in ziviler Lautstärke.«

Dann trat ich in die Pedale, um eine Runde um den Block zu fahren; die Bremse funktionierte wieder. »Was heißt denn normal?«, brüllte der Dicke mir nach. »Was zum Teufel heißt normal?! Ich kann dir ja auch die Füße küssen, du Penner!«

Franzi und ich waren uns zum ersten Mal vor einem Vierteljahr auf einem Richtfest in Neuss begegnet. Unglaubliche zwei Monate vor dem Termin war der Rohbau des Einkaufszentrums fertig geworden. Während der ganzen Zeit hatte der Dicke unter Dampf gestanden und einmal sogar einen Kreislaufkollaps oder so etwas gekriegt; Tiago musste ihn in die Ambulanz fahren. Aber beim Richtfest Anfang Januar ging's wieder; er setzte sich zu uns auf die Bierbänke und trank ein paar Alt mit, während die Combo in den Glitzerjacken einen Tusch nach dem anderen spielte und Lokalpolitiker und Bauherren ihre Reden hielten: Größtes, schönstes und so weiter. Architektonisch war das Ganze eine Katastrophe, inklusive Plastikpalmen, aber welche Shopping-Mall sah damals anders aus.

Jedenfalls wurde ordentlich gebechert, die Heizstrahler im Atrium glühten. Kaum ein Handwerker, der nach zwei Stunden noch lotrecht dachte, und als ich gegen

Mitternacht vom Toilettenwagen kam, saß eine Frau am Tisch des Dicken und nippte von seinem Bier. Wenig jünger als ich und ähnlich schlank, hatte sie ihre bernsteinfarbenen Haare im Nacken zusammengebunden und schien Tiago zuzuhören. Er war Portugiese, ein gutaussehender Mann mit olivfarbenem Teint, und während er mit der linken Hand Ornamente in die Luft malte und ihr die rechte abwechselnd auf die Schulter oder den Unterarm legte, sprach er durch ein stetes Lächeln hindurch auf sie ein. Aber ihre Aufmerksamkeit wirkte höflich; aus den Lidwinkeln sah sie mich an, und die freche oder gar frivole Neugier in ihrem Blick machte mich momentlang beklommen.

Blau die Augen, fast aquamarin, die Wimpern rotblond, und im Gegensatz zu den Frauen mit den verspachtelten Wangen und den giftig glänzenden Haarspraykuppeln auf der Honoratioren-Seite war sie die Anmut in Person. Nicht einen Hauch von Schminke gab es in ihrem Gesicht oder auf ihren frischen Lippen, und außer einem Armband aus kleinen schwarzen Wollkugeln war ihr einziger Schmuck, dass sie keinen BH unter der Bluse trug. Das sah man zu der Zeit bestenfalls im Fernsehen, im »Beat-Club« oder in den Hippie-Reportagen aus den USA.

Der Dicke Schmitt winkte mich heran. Er war, was ich noch nie erlebt hatte in den vergangenen Jahren, ziemlich betrunken und sagte zu dem Mädchen: »Das ist unser Fuchs, den hab ich ausgebildet. Der geht demnächst nach Berlin, wenn er die Abendschule schafft. Und irgendwann kommt er als Architekt zurück, sitzt bei den Geschniegelten da drüben, und ich muss Herr Doktor zu ihm sagen.« Er kippte einen Schnaps, drohte mir mit dem Finger. »Aber sieh dich vor, Jungchen, auch dann werde ich noch ein Bein hochkriegen, um dir in den Arsch zu treten. Das ist übrigens meine Tochter ...«

Die spielte mit seinem Schlüsselbund, ich erkannte den Anhänger des Commodore, diese Schalke-Figur, und sein Gerede war ihr offenbar peinlich; naserümpfend rollte sie die Augen. Dann reichte sie mir die Hand über den Tisch und stellte sich als Franziska vor.

Ihr Vater hielt sich an Tiagos Schulter fest, als er aufstand, und musterte die Bauherren und ihre Frauen, die sich gemessen auf der Tanzfläche drehten. »Kroppzeug«, murmelte er. »Auch denen sollte man einen Tritt geben. Zwei Monate früher können die eröffnen, weil wir klüger disponiert haben als ihre Bürotrottel. Da rechne dir mal aus, was die an Ladenmieten zusätzlich verdienen. Aber kein Wort des Dankes, geschweige denn eine Leistungsprämie für die Leute ...« Dann schwankte er aus dem Atrium, Richtung Toilettenwagen.

Ich wusste, dass der Dicke Schmitt in Düsseldorf-Kaiserswerth lebte und verwitwet war, aber von einer Tochter hatte ich bislang nichts gehört. Ein cholerischer Betonkopf wie er, der bis in die Nacht über Bauzeichnungen und Terminplänen brütete, redete nicht über Privates, jedenfalls nicht mit mir. Und nun saß diese zarte Schöne mit den Sommersprossen und den Korkenzieherlocken da, schob ein paar leere Gläser zur Seite und neigte sich mir zu mit einer Ausschließlichkeit, die mich immer nervöser machte – und Tiago, nach einem eisigen Blick in meine Richtung, davongehen ließ.

Sie hatte vor einem Jahr ihr Abitur gemacht und wartete auf einen Studienplatz an der Heinrich-Heine-Universität, Religionswissenschaft. Auch sie wäre lieber nach Westberlin gegangen wie schon zwei ihrer Freundinnen, wollte aber doch in der Nähe des Vaters bleiben, der sich kein Spiegelei machen und kein Hemd bügeln könne, ohne die Wohnung in Brand zu setzen. Arbeitskrank nannte sie das, und während wir uns über unsere Pläne unterhielten, nagte sie immer wieder an einer Haarsträhne herum und betrachtete meine Hände, als verrieten sie etwas über mich. Ich hatte noch Reste der sandigen Waschpaste in den Fingerzwischenräumen. »Wieso eigentlich Religion?«, fragte ich. »Glaubst du an den Hokuspokus? Unbefleckte Empfängnis, Wasser in Wein und Lazarus und so?«

Ich war mal Ministrant gewesen, bis zur Pubertät, und sie langte über den Tisch, trank einen Schluck von meiner Cola mit Rum. »Na, es geht in dem Fach ja nicht nur ums Christentum. Aber natürlich will ich rauskriegen, ob das Leben nicht wunderbarer ist, als wir erkennen können, ob es trotz Tod, Schmerz, Elend und dem ganzen Mist womöglich einen Heiligenschein hat.« Sie lächelte breit, mit herrlich weißen, ein wenig verwachsenen Zähnen. »Oder ob es nur so eine Einweg-Kreuzigung ist, ohne Auferstehung. Was meinst du?«

Das waren kaum die Gedanken, die ich mir gerade machte, nicht nach all dem Alkohol. Während ich die grüne Waschpaste, die immer ein wenig nach Marzipan roch, aus den Fingerzwischenräumen rieb, versuchte ich vielmehr angestrengt, nicht auf ihre weiße Bluse zu starren, und ahnte bereits, dass sie mir diese Mühe ansah. Und die Angst davor, sie könnte prüder sein, als sie wirkte, und sich enttäuscht von mir abwenden, ließ mich wagemutig werden, zumal die Musik mir dabei half. Nach Liedern von Gus Backus und Peggy March war die Combo in der Gegenwart angekommen; der Mann an der Hammondorgel spielte die ersten Takte von »A Whiter Shade of Pale«. Das war einer meiner Lieblingssongs, und erleichtert holte ich Atem und fragte: »Wie wär's mit einem Tanz?«

Ein paar Handwerker an dem langen Tisch drehten die Köpfe, und nun war sie es, die verlegen wurde und eine Weile den Blick senkte, als zählte sie die nassen Glasabdrücke auf dem Papiertuch; dabei lächelte sie zwar, aber es sah irgendwie schmerzlich oder wehmütig aus. Sie wurde sogar rot, wie mir schien, spielte nervös mit den Autoschlüsseln und fragte leise: »Bist du sicher?«

In der Tanzschule war ich nie gewesen, natürlich nicht, da gingen Bürgersöhnchen hin, aber so einen Klammerblues traute ich mir schon zu, den hatte ich in unzähligen Partykellern probiert, wenn auch bevorzugt bei »Crimson and Clover« oder »Je t'aime«. Ich ging um das Tischende herum und hielt ihr die Hand hin, und als sie sich erhob, war ich schon mal erleichtert, dass sie mich nicht überragte; die aufrechte Haltung hatte das suggeriert.

Um eine Bluejeans ohne Gesäßtaschen tragen zu können, musste man genau den Hintern haben, den sie hatte. Der »Schlag« an den Beinen war noch verbreitert durch zwei eingenähte Samtkeile, was die ganze Figur kurviger aussehen ließ, irgendwie schwebend, und er verdeckte den bestickten Schuh an ihrem rechten Fuß fast ganz. Nicht aber den schwarzledernen mit der klotzartigen, gut fünfzehn Zentimeter dicken Sohle an ihrem linken.

Wieder lächelte sie vage, wie zur Entschuldigung, und stampfte kurz damit auf, wobei irgendetwas klirrte unter dem Hosenstoff, eine Metallschiene wohl. Dann hakte sie sich bei mir ein, und während wir zwischen den Tischen hindurch auf die Tanzfläche gingen und die Arbeiter und die Honoratioren uns aus den Lidwinkeln musterten, glaubte ich trotz der lauten Musik diesen Schuh zu hören, sein schrittweises Klopfen auf dem neuen Beton. Aber vielleicht war das auch mein Puls in den Ohren.

Das Lied schien den wenigsten zu gefallen, die Fläche unter den Lampions der Schlösser-Brauerei war fast leer, und als wir endlich tanzten, ein Wiegen auf der Stelle, fragte Franziska leise und ein bisschen bange, ob mir das unangenehm sei. Ich musste schlucken, ließ meine Hände von ihrer schmalen Taille auf die Hüften sinken und schüttelte den Kopf. »Nein«, log ich, während ich über ihren Scheitel hinweg auf die Girlanden aus Immergrün starrte, »wieso sollte mir das peinlich sein. Was ist denn mit deinem Fuß?«

Ihr Haar roch nach Orangen, und in dem Ausschnitt der

Bluse war zu sehen, dass die Sommersprossen sich dort verloren. Die Ansätze der Brüste waren erregend weiß, und sie verschränkte ihre Finger in meinem Nacken. »Mit wem? Ach, das ist nicht mein Fuß. Das ist ein Stück Holz, das Gott vergessen hat, als er mich schnitzte.« Diese Antwort hatte sie hörbar schon öfter gegeben; dennoch musste ich lachen und zog sie unbewusst näher, als es unserer flüchtigen Bekanntschaft entsprach. Doch sie drückte mich nicht weg, im Gegenteil. »Oh!«, sagte sie schmunzelnd. »Das mit der Auferstehung beschäftigt dich aber!« Und am nächsten Abend hielt sie vor unserem Haus, im Opel Commodore des Dicken Schmitt.

Nach dem Streit mit ihm, seinem Gebrüll in der Mittagspause, stellte ich mein Fahrrad in den Schuppen zurück und klinkerte allein im dritten Stock des Rohbaus, der zukünftigen Kantine. Weil ich Tiagos Schatten schon bemerkt hatte, ehe er selbst hereinkam, blickte ich nicht auf. Rechte Hand des Oberpoliers, bestand seine Arbeit hauptsächlich darin, dessen Bude sauber zu halten und, falls nötig, zu heizen. Er musste dafür sorgen, dass es immer Kaffee und gekühlte Getränke für die Statiker und Bauherren gab, und hatte überdies Aufmaße anzufertigen, Zeichnungen zu kopieren, Anweisungen auszurichten. Auf den Großbaustellen, die dem Dicken übertragen wurden, waren die Wege zu den Handwerkern oft weiter, als sogar seine Stimme reichte, und dann tauchte Tiago hinter den Steinstapeln auf und sagte lächelnd: »Der

Elmar möchte, dass du dich beeilst. Der Beton kommt um neun!«

Er war Portugiese, wie gesagt, ein zarter Mann um die dreißig mit schwarzem Haar, edel gebogener Nase und einem Mund, dessen Schwung Leidenschaft suggerierte, solange man nicht in die kühl taxierenden Augen sah. Er biss in einen Schokoriegel und verzog das Gesicht. »Mein Gott, ist das süß«, ächzte er. »Das verklebt dir ja alles. Habe ich dich erschreckt?«

Eine Reihe Betonpfeiler musste verklinkert werden, und ich bückte mich nach meinem Hammer und halbierte einen Hartbrandziegel, fast violett. Bei jedem Schlag sprangen winzige Funken ab. »Wieso solltest du mich erschrecken?«

Er zerknüllte das Papier und warf es aus dem Fenster; doch es wurde wieder hereingeweht. »Na, wegen deinem Gewissen vielleicht? Schließlich machst du uns den Akkord kaputt. Alle verdienen schlechter deinetwegen … Das wird aber ein schöner Pfeiler!«

Ich fügte den Ziegel ein und sagte: »Oder deinetwegen. Wie es aussieht, kannst du sogar herumlungern im Akkord. Was gibt's?«

Er lächelte, wollte wohl etwas erwidern, da hörten wir Lärm auf dem Bauplatz und blickten hinaus. Windböen pfiffen in den Rohren des Gerüsts, ein orgelartiges Auf und Ab, und der Dicke Schmitt, bis zu den Knien im Geflecht der Moniereisen, brüllte zwei Handlanger an, zwei kleine Männer mit Baskenmützen. Die Außenwände des angrenzenden Parkhauses sollten gegossen werden, fünfhundert Kubikmeter, und vor den großen Betonlieferungen überprüfte er Schalungen und Bewehrung immer persönlich. »Herrgott noch mal, ein *Kant*holz!«, donnerte er und warf seine Kippe weg. »Schickt man mir eigentlich nur noch Idioten?!«

Es waren Spanier, von denen es damals viele in der Region gab, und die anders als die Türken oder Italiener nie lange blieben. Einer hatte ihm ein Rundholz gebracht, und weil er kein Deutsch sprach, verstand er nun nicht, was der Polier noch wollte. Er kehrte die Hände vor, hob die Schultern, und auch sein Kollege war ratlos. Mit fragender Miene zeigte er auf die Schaufel, die an der Mischtrommel lehnte, was Tiago leise kichern ließ.

»Ich geb dir gleich Schaufel, du dämlicher Knoblauchfresser!«, brüllte der Dicke. »Was machst du auf dem Bau, wenn du nicht weißt, was ein Kantholz ist!«

Zehn mal zwölf Zentimeter maß es im Schnitt, doch vor Wut zeichnete er mit beiden Händen ein großes Viereck in die Luft und wies auf die Holzvorräte neben dem Magazin. Dann widmete er sich wieder den Moniereisen vor seinen Füßen, und nun schienen die Männer begriffen zu haben und liefen zu Kemal, dem Lagerverwalter. Sie wiederholten die Pantomime, und der runzelte verständnislos die Stirn und zeigte zwischen die Regale, wo sie denn auch verschwanden – um kurz darauf eines der gelben Blechschilder mit Pflock herauszubringen: »Betreten der Baustelle verboten! Eltern haften für ihre Kinder!«

Tiago hielt sich eine Hand vor den Mund und lachte

prustend, wobei ihm etwas Rotz aus der Nase sprang. Der Polier, der blass wurde und gleich darauf rot, stemmte die Fäuste an die Hüften, holte Atem, und ich drehte mich um, widmete mich wieder meinem Pfeiler. Das folgende Donnerwetter mitsamt den Verwünschungen von Affe bis Zulukaffer hatte ich zu oft erlebt, um es noch unterhaltsam zu finden. Und auch die Erleichterung darüber, gerade nicht selbst sein Opfer zu sein, war früher wohltuender gewesen. Immer öfter tat er mir einfach nur leid.

Die beiden Hilfsarbeiter, blass wie Kalk, erlebten das aber zum ersten Mal, wie es schien, und ein Ruf von Tiago hätte genügt, um alles aufzuklären; er sprach auch Spanisch, hatte sich in der Pause mit ihnen unterhalten. Aber er blieb stumm und zog ein Taschentuch hervor. »Warum machst du das?«, fragte ich und halbierte einen weiteren Stein. »Wieso hilfst du deinen Leuten nicht?«

Zwar wirkte er nach wie vor vergnügt, doch zog ein kalter Ernst hinter seinem Lächeln auf. »Weil …«, sagte er schließlich und putzte sich die Nase, »weil sie dumm sind, Simon. Außerdem sind es nicht meine Leute. Sie kommen aus irgendeinem Kaff in Andalusien. Die ficken ihre Ziegen und scheißen in die Büsche, weil sie keine Wasserklosetts haben.«

Er faltete das Tuch wieder zusammen, und ich goss etwas Mischöl in meinen Mörtel, rührte ihn auf. »Ist das wahr?«, fragte ich. »Soll ich das wirklich glauben? Oder kann es sein, dass du einfach nur ein Arschloch bist?«

Aber er ließ sich nicht aus der Ruhe bringen. Mit dem

Zeigefinger strich er über seine Oberlippe, immer wieder, als prüfte er ihre Kontur. Dabei blickte er in den verhangenen Himmel. »Nein«, sagte er schließlich, »ich bin nicht dumm, das unterscheidet uns. Sie sind dumm, weil sie die deutsche Sprache nicht sprechen. Ich konnte sie schon, bevor ich hierherkam, denn ich bin klug, ich wusste ja, wo es hinging. Sie wohnen zusammengedrückt in Heimen ohne Kühlschrank, die Lebensmittel außen auf dem Fensterblech. Ich aber habe ein möbliertes Zimmer in der Innenstadt, mit Dusche. Ich habe sogar ein Bügeleisen.«

»Weil du klug bist«, sagte ich und gab dem Stein einen Klaps mit der Kelle. Fast klang es wie Stahl auf Stahl.

»Genau, Simon. Auch du bist klug, wir verstehen uns.«

»Aber meine Wäsche macht meine Mutter«, sagte ich und strich den hervorquellenden Mörtel ab. »Da muss ich noch einiges von dir lernen.«

Er hob das Kinn, verengte die Augen. »Doch, klug bist du«, beharrte er. »Du wirst Architektur studieren, das schafft nicht jeder. Die Franzi wusste schon, wen sie sich aussucht. Aber ich habe von Anfang an gesehen, dass das nicht gehen konnte mit euch. Dass sie nicht glücklich wird. Denn du bist vielleicht klug, aber nicht weise. Du hast ein kaltes Herz.«

Da musste ich lachen, wenn auch mit belegter Kehle. »Ich habe was? Bist du blau? Du redest wie ein beknackter Nazi von deinen Leuten und lässt sie im Regen stehen, und ich hab ein kaltes Herz?«

Das Auge der Wasserwaage glitt in die Mitte, die Ecke

war im Lot, und plötzlich trat er an mein Mörtelfass, stellte einen Fuß auf den Rand. Zum ersten Mal sah ich, dass er alte Militärstiefel trug, mit Bajonettschlaufen am Schaft, und er sagte: »Hochmut kommt nicht vor dem Fall, glaub mir; ein plumpes deutsches Sprichwort. Hochmut ist schon der Fall, Simon, und ich wünsche dir, dass du nicht so hart aufschlägst. – Weißt du, was ein Vater bei uns machen würde, wenn man seine Tochter so beleidigt hätte? Hast du schon mal was von Ehre gehört, Familienehre?«

Zugegeben, ich musste schlucken; der Reflex, Anschuldigungen abzuwehren, war nicht besonders stark bei mir. Aber ich hatte niemanden beleidigt, ganz und gar nicht, ich war aufrichtig gewesen, und er neigte sich vor; sein Atem roch süß. »Du bist noch so jung, so ohne Erfahrung, Simon. Wir dagegen sind ein altes Volk. Wir haben viel entdeckt und kennen alle Künste. Unsere Weine und Salzfische, die Konditorwaren, das Brot – das solltest du probieren! Aber am besten verstehen wir es, feine Klingen zu machen, schön graviert. Manche Messer, die man im Ärmel trägt, sind schmal wie Bleistifte und so unglaublich spitz und scharf: Man spürt sie erst kaum, hat nur ein kleines unbehagliches Gefühl. Man glaubt, man lebt noch, und ist schon erstochen. Ist das nicht witzig?«

Er verlagerte sein Gewicht, das Plastikfass kippte um, und ich packte die Wasserwaage fester und richtete mich auf. Aber da war er schon aus dem Raum.

An dem Abend brachte ich meine letzte schriftliche Prüfung hinter mich, einen Aufsatz über Goethe: »Analysie-
ren Sie Sprache und Stil in den ›Leiden des jungen Wer-
thers‹ im Hinblick auf die Epochenmerkmale des Sturm
und Drang.« Einleitung, Hauptteil, Schluss. Ich war müde gewesen, hatte ein ungutes Gefühl gehabt, aber egal;
nur das Abitur brauchte ich, keinen Notendurchschnitt.
Dank meiner Praxisjahre fiel die Wartezeit auf den Studienplatz weg, und kaum war ich aus der Abendschule
raus, ging ich zum Kiosk und kaufte mir eine Flasche
»Zigeunerglut«. Bis zum Monatsende musste ich noch
arbeiten, aber am nächsten Tag, das hatte ich mir vorge-
nommen, machte ich erst einmal blau.
Es begann zu regnen. Mein Zimmer befand sich im Sou-
terrain, mit eigenem Eingang hinter der Garage, und
als ich nach Hause kam, sagte meine Mutter, der Dicke
Schmitt habe angerufen, wegen der Akkord-Kalkulation:
Ob er mich nun auf die Liste setzen könne. »Wieso?«,
fragte ich und schlackerte meine Wetterjacke aus. »Er
weiß doch, dass ich nicht im Akkord arbeite. Was hast
du ihm gesagt?«
»Dass du gegen elf zu Hause bist. Wahrscheinlich ruft er
gleich noch mal an.«
Ich hatte kein Telefon im Zimmer und ärgerte mich. Die
Eltern gingen um diese Zeit schlafen, und ich musste meine Tür offen lassen und durfte keine Platten abspielen,
wenn ich das Klingeln in der Wohnung hören wollte.
Ich goss mir ein Glas von dem Rotwein ein, der verdäch-
tig nach Kopfschmerzen schmeckte, knipste die Steh-

lampe an und blätterte in dem Bildband über Westberlin, einem Geschenk meines Vaters zu meinem letzten Geburtstag. »Für den ersten Akademiker in unserer Familie«, stand darin. Ich hatte bereits eine kleine Wohnung, eine winzige Mansarde ohne Bad im Wedding. Eine von Franziskas Schulfreundinnen, schon nach wenigen Monaten enttäuscht von der Stadt, ihrer angeblichen Ruppigkeit, dem Schmutz und der Kälte, hatte sie mir überlassen. Und so dachte ich doch wieder an Franzi. Der Regen wurde stärker.

Als ich mit ihr zusammen war, tat sie mir manchmal leid, und jetzt, nachdem wir uns getrennt hatten, tat sie mir auch leid. Aber was sollte ich machen. Ich wollte nicht aus Mitleid mit einem Mädchen zusammen sein, sondern aus Liebe – und die war offenbar nicht stark genug. Nach unseren ersten Sensationen, denn Franzi war witzig und klug und im Bett ein Ereignis gewesen, konnte ich bestimmte Dinge nicht mehr übersehen, oder schlimmer noch: Ich schämte mich dafür, sogar vor meinen Eltern. Deren vielsagendes und auch etwas trauriges Schweigen war wie ein neuer, von allen gemiedener Raum im Haus. Und ich schämte mich für diese Scham und dafür, dass ich weder selbstbewusst noch trotzig genug war, um die bedauernden oder spöttischen Blicke oder das taktvolle Wegsehen meiner Freunde, Nachbarn und Kollegen zu ertragen. Am schlimmsten aber war, am himmelschreiendsten, dass Franzi diese Scham verstanden und mir viel Glück gewünscht hatte. Ich wollte einfach nur weg.

An dem Abend rief der Dicke nicht mehr an, und ich rauchte einen leichten Holländer und legte »Rubber Soul« von den Beatles auf. Das Kratzen der vielgespielten Platte ging unter im Regengeräusch, und gerade als die ersten Takte von »Drive My Car« erklangen und ich meine Zimmertür schließen wollte, sah ich jemanden im Kellerschacht. Er stand bereits am Fuß der Treppe, unter der flackernden, im Regen rauchenden Hoflaterne, und einen Moment lang dachte ich an Tiago, denn niemand sonst in meinem Bekanntenkreis trug einen Hut. Andererseits war der Portugiese viel schmaler, und ich machte Licht, ging an den Fahrrädern vorbei und blickte durch das vergitterte Fenster. Es war der Dicke Schmitt.

Wasser troff von seiner Krempe, und er nickte mir zu und sagte etwas, das ich wegen des Geprassels nicht verstand. Ich schloss die Tür auf, machte eine einladende Geste. Sein hellgrauer Popelinemantel mit den Hornknöpfen war an den Schultern schwarz vor Nässe, und die aufspritzenden Regentropfen sprenkelten ihm die Hosenbeine, aber offenbar wollte er nicht hereinkommen. Er räusperte sich und sagte: »Ist spät, ich weiß. Entschuldige die Störung. Der ›Buschkrug‹ müsste noch aufhaben; wollen wir ein Bier trinken gehen?«

War ich zunächst nur verblüfft gewesen davon, ihn um diese Zeit hier zu sehen, jetzt war ich alarmiert. Wir hatten uns nie viel zu sagen gehabt in den vergangenen Jahren, weder in meiner Lehrzeit noch später. Dass ich die Facharbeiterprüfung wegen sehr guter Berufsschulleistungen ein Jahr früher absolvieren konnte und mit Auszeichnung bestanden hatte, war ihm anders als den Kollegen kein Glückwunsch oder Handschlag wert gewesen, im Gegenteil. Entdeckte er nun den kleinsten Fehler in meinem Werkstück, eine hohle Fuge, einen Grashalm im Sichtbeton, brüllte er zwar nicht mehr wie mit den Lehrlingen oder Helfern, aber sein beiläufiges »Du willst doch jetzt Geselle sein, oder? Dann arbeite gefälligst sauber!« war fast noch beleidigender. Er hatte eine instinktive Abneigung gegen Menschen, für die es mehr gab im Leben als immer nur Arbeit oder die seine Auffassung von Effizienz und Firmentreue nicht teilten, und ich musste an sein »Du Penner!« in der Mittagspause denken. Dass er mich jetzt zu einem Bier einlud, konnte nichts Gutes heißen.

»Man merkt, dass du lange nicht in der Gegend warst«, sagte ich. »Der ›Buschkrug‹ ist pleite. Da kommt ein Seniorentreff rein, mit Pflegestation.«

Er nickte, schien nachzudenken, und wieder machte ich eine einladende Kopfbewegung und ging ihm voraus, löschte den Joint. Hut und Mantel legte er auf die Fahrräder im Gang, und in meinem Zimmer, in dem ein paar Kerzen brannten, blieb er zunächst auf der Schwelle stehen, schnupperte und blickte umher, als wollte er sich alles genau einprägen: die ausrangierte Musiktruhe meiner Eltern, die billigen Flokati-Teppiche, den bemalten Kühlschrank und das Bücherregal in der Ecke. Nur vor dem französischen Bett mit der roten Tagesdecke, halb verborgen hinter einem Paravent, schien sein Blick zurückzuschrecken. Verlegen blinzelnd setzte er sich auf die Couch.

Ich nahm den Cocktailsessel auf der anderen Seite des niedrigen Tisches und zeigte ihm das Etikett der Flasche, eine spanische Tänzerin in flammendem Rock. Er nickte, und nachdem ich ihm etwas eingeschenkt und wir uns zugeprostet hatten, ohne einander in die Augen zu sehen, trank er sein Glas mit einem Zug zur Hälfte leer. Dann wischte er sich den Mund mit dem Handrücken ab, wobei die Finger ein wenig zitterten, und ich stellte mir vor, dass er frieren musste, so durchnässt wie er war, und drehte die Heizspirale an. »Du hast es ja gemütlich hier«, sagte er. »Als junger Spund auf der Ingenieurschule hatte ich eine ähnliche Bude. Kann ich rauchen?«

Ich schob ihm den Aschenbecher hin und schüttelte den Kopf, als er mir eine »Ernte« anbot. Gespannt wartete ich darauf, dass er etwas über den Grund seines Besuches sagte, denn ich ahnte bereits: Die Akkordarbeit konnte es nicht sein. Den Rauch ausstoßend, lehnte er sich zurück und betrachte das Chiffontuch, das über der Stehlampe neben seinem Platz hing, einen bunten Hauch, der das Licht etwas wärmer färbte.

Dann leerte er sein Glas und zeigte auf das Regal. »Mein lieber Mann, so einen Haufen Bücher hatte ja nicht mal meine Frau! Und die war Lehrerin. Hast du die alle gelesen?«

Lautlos stieß er auf, mit geblähten Wangen, und mir kam der Gedanke, dass er bereits früher am Abend etwas getrunken hatte; seine Skleren waren gerötet. Noch einmal goss ich ihm das Glas voll und sagte: »Ja, fast alle.«

So viele waren es nicht, und er kniff die Augen zusammen und grinste auf eine fast jungenhafte Art – was man selten bei ihm sah, eigentlich nur in Atempausen zwischen den Terminen. Die unzähligen Falten an seinen Lidwinkeln wirkten dann wie Strahlen, und ein Zwinkern lang konnte er einem fast sympathisch werden. »Na, jetzt geht mir einiges auf!«, sagte er heiser und räusperte sich. »Deswegen willst du also nicht in den Akkord? Damit dir abends Zeit für diese Schmöker bleibt? Aber hör mal, wenn du nach Schichtende noch mehr als die Bildzeitung lesen kannst, hast du nicht hart genug gearbeitet, das ist wohl klar. Dann hast du dir 'n Lenz gemacht auf meiner Baustelle! Und dafür ...« Lachend schlug er die Hand auf den »Werther«. »... dafür soll dich gefälligst der Goethe bezahlen!«

Auch ich musste grinsen, und er drehte das Buch um und überflog den Verlagstext, wobei er die Lippen bewegte. Dann trank er erneut einen Schluck und stellte das Glas darauf. Den herabrinnenden Tropfen sah er wohl nicht. »Und was macht die Schule?«

George Harrison sang »Think for Yourself«, und ich nahm den Joint aus dem Aschenbecher, steckte ihn wieder an. Er war schon ein paar Monate alt, ein Souvenir aus Amsterdam, und vielleicht wollte sich deshalb keine rechte Entspannung einstellen. »Bin fertig«, sagte ich. »Hab heute die letzte Arbeit geschrieben. Nächste Woche noch eine mündliche Prüfung, und dann krieg ich den Wisch.«

Er runzelte die Stirn und zog die Mundwinkel herab. »Donnerwetter, bist 'n harter Knochen, was? Dann hast du also jetzt Abitur?« Und als ich nickte und gleichzeitig mit den Schultern zuckte, erhob er sich von dem alten Sofa, in dem die Sprungfedern knarzten. Nicht, dass er wirklich aufstand, er blieb schon noch etwas geknickt in den Knien, doch er streckte den Arm vor, reichte mir die Hand über den alten Nierentisch hinweg und sagte mit einem ernsten Blick in meine Augen: »Da gratulier ich aber herzlich!«

Dann zeigte er auf die Musiktruhe. »Kann ich die 'n bisschen leiser drehen?«

Ich machte es selbst, und er sank wieder auf die Couch und spielte gedankenverloren mit einem Zipfel des Tuchs, das über der Lampe hing. In dem zarten, mit bunten Schmetterlingen bedruckten Stoff gab es neuerdings ein paar Mottenlöcher. »Die Franziska ist auch gut durchgekommen«, murmelte er. »Glänzend sogar, hat sie dir sicher erzählt. Die könnte Medizin studieren, wenn sie wollte. Dann hätten wir mal 'n Arzt in der Familie, kann man ja immer gebrauchen. Wer weiß, was noch kommt. Aber sie hat sich auf dieses Religions-Zeug verstiegen.«

Er schnalzte leise, winkte ab. »Na, auch in Ordnung. Meinetwegen ...«

Ich hatte sie seit Wochen nicht mehr gesehen, unterdrückte aber die Frage, wie es ihr gehe. Mich beschlich das Gefühl, dass er genau das wollte, und ich zog an dem Joint und blickte in das Lichtfeld, das aus meinem Fenster in den Garten fiel. Von der Regenlast beschwert, neigten sich ein paar Tulpen ins Gras, hier und da war sogar eine gebrochen, und die grünen Blattränder schimmerten wie Schneiden.

»Natürlich wäre es auch nicht schlecht für sie selbst«, fuhr er fort. »Das mit der Medizin, meine ich. Ihr Bein braucht schließlich Pflege. Aber du weißt ja, sie hat ihren eigenen Kopf, und ich steh ihr nicht im Weg, das glaub mal. Klar, sie macht den Haushalt und die Wäsche mit links und kocht Sachen, da leckst du dir alle zehn Finger. Doch ich bin auch mit Wurstbroten zufrieden. Von mir aus kann sie den Commodore nehmen und gleich nach Berlin fahren, hab ich zu ihr gesagt, ich komm schon zurecht. Mir braucht niemand die Hemden zu bügeln.« Er grinste matt. »Zieh ich halt verknitterte an. Aber sie meint partout, sie muss sich um mich kümmern. Dieses Fürsorgliche, weißt du, da ist sie nicht zu bremsen; das hat sie von ihrer Mutter. Jeden Morgen steht da ein Frühstück für mich.«

Ich nickte in der Hoffnung, dass es verständnisvoll aussah, trank einen Schluck und sagte halb in mein Glas hinein: »Ja, sie ist ein wunderbarer Mensch.«

Das stimmte natürlich, klang in dieser Situation aber ähnlich grauenhaft, als hätte ich gesagt, sie habe schönes Haar oder sie werde es noch weit bringen. Doch er zuckte nur mit den Schultern und murmelte: »Sicher, was bleibt ihr auch übrig.«

Einen Moment lang glaubte ich, mich verhört zu haben,

und runzelte verständnislos die Stirn, was er freilich nicht bemerkte. Er drückte die Zigarette aus und sagte: »Aber immer gesund, weißt du, richtig stark! Wir haben sie jedes Jahr untersuchen lassen, und nie gab's Probleme mit irgendwas, nicht mal mit Kinderkrankheiten. Nur mit diesem Bein eben, das ist natürlich traurig. Das musste mehrmals operiert werden. Unsere Schuld ...«

Ich stellte mein Glas ab, drehte die Platte um. »Schuld?«, fragte ich. »Wieso Schuld?«

Er klopfte eine neue »Ernte« aus der Packung. »Na ja, wir waren eben zu blauäugig, hätten eigentlich kein Kind mehr kriegen dürfen. Brigitte war damals viel älter als ich, zweiundvierzig, und auch nicht mehr gesund. Aber dann wurde sie trotzdem schwanger, und wir freuten uns wie blöde und dachten: Na komm, wird schon schiefgehen. Ist ja ein Kind der Liebe, wie man so sagt. Von meiner Seite jedenfalls war's das.« Er beugte sich vor, sog das Kerzenflämmchen in den Tabak. »Aber erklär das mal der Natur. Ich meine, die Schwangerschaft war schon ein Rodeo-Ritt, mein lieber Mann. Wir hockten nächtelang in diesen Ambulanzen rum ... Ich weiß gar nicht, wie ich die Arbeit geschafft hab in der Zeit. Und dann ging es auch schief, und zwar gründlich. Dann kam das böse Erwachen.«

Er musste husten, ein seltsam hohler Laut, und drückte die kaum angerauchte Zigarette wieder aus. Die Ellbogen auf den Knien, verschränkte er die Hände und nagte an einem Daumennagel. »Ich hab mir schon manches Mal in den Arsch gebissen deswegen, kannst du glauben. Als die Franzi kleiner war, in diesen Wachstumsjahren, da gab es Tage, an denen sie so starke Schmerzen hatte, dass du sie nicht aus dem Bett kriegtest, geschweige denn in ihre Schiene. Ein heulendes Häufchen Elend mit diesem Wurmfuß, und du stehst daneben und kannst nichts tun.«

Er atmete tief. »Ich meine, Frauen haben Zeit, um einfühlsam zu sein. Aber ihre Mutter starb, da war sie fünf, ich weiß nicht, ob vor Gram und Enttäuschung oder wegen dem Herzen, und ich musste täglich auf den Bau! Diese Verantwortung, die Termine! Jede Verzögerung kostete Unsummen und am Ende sogar Arbeitsplätze!«

Er hielt sich eine Hand vor den Mund, starrte die Wand an; ich machte einen letzten Zug von dem Joint. Als ich den Rauch in die Lampe blies, bewegte sich der Chiffonschleier, und ich konnte sehen, dass seine Lidwinkel feucht wurden, sagte aber nichts. Ein Mann wie er, stellte ich mir vor, wollte nicht getröstet werden, von niemandem; es hätte ihn unduldsam oder gar wütend gemacht.

Er schüttelte den Kopf. »Ich kann viel ertragen, Simon, ich war im Krieg und im Gefangenenlager. Aber das eigene Kind so leiden zu sehen … Das hat niemand auf dieser gottverdammten Erde verdient. Irgendwann fällt dir einfach nichts mehr ein, und du machst jeden denkbaren Blödsinn, bloß damit die Kleine abgelenkt ist von ihren Schmerzen. Hab heute noch den ganzen Keller voller Spielzeug.«

Wieder begann er zu husten, stand auf und stellte sich

vor das Regal. Die Hände in den Taschen seiner Cordhose, legte er den Kopf schräg, als studierte er die Buchtitel; aber wahrscheinlich wollte er sein Gesicht vor mir verbergen. Ich sah nur den wettergegerbten Nacken und das Schimmern vereinzelter grauer Haare. »Na ja, sie ist jedenfalls versorgt«, murmelte er. »Sie wird mal das Haus erben, ein solide gebautes Dreifamilienhaus, das Miete bringt, und meine Lebensversicherung ist auch nicht ohne ...«

Hier und da ragten Bücher hervor, und gedankenverloren schob er sie an die Regalkante zurück, richtete sie sanft mit dem Handrücken aus. John Lennon sang »In My Life«. »Dass du sie aufgefordert hast damals, auf diesem Richtfest, das war übrigens ein feiner Zug«, fuhr er fort. »Das erste Mal überhaupt, glaube ich, dass jemand mit ihr tanzen wollte. Als Paar saht ihr ziemlich gut aus unter dem Immergrün. Aber ich versteh dich natürlich ...«

Er schluckte hörbar, räusperte sich. »Ich wünschte, ich könnte mehr für sie tun. Sie nimmt sich alles so zu Herzen, als würde es nur einmal passieren. Sie hat noch nichts erlebt, wie auch. Klug ist sie, mein Gott, klüger als wir alle. Doch was hilft das in so einer Situation. Sie hockt den lieben Tag lang zu Hause und heult sich die Augen aus.«

Mein Sessel wackelte, als ich mich zurücklehnte; ich hatte ein abgebrochenes Bein durch einen alten Farbtopf ersetzt. Die Arme vor der Brust verschränkt, drückte ich die Lippen zusammen und starrte aus dem Fenster, in den prasselnden Regen. Metallisch glänzend spritzten die Tropfen von den Mützen und Schultern der Garten-zwerge meiner Eltern ab, wie kleine stachelige Monster sahen sie aus, und ich wiederholte völlig blödsinnig: »Ja, sie ist ein guter Mensch.«

Und nun drehte Elmar sich um. Er schluckte erneut, fuhr sich mit dem Handrücken über die Nase und sah mich an. Natürlich witterte er meine Angst, aber wir standen nicht auf der Baustelle, er sagte kein Wort. Es war ein langer, forschender Blick, und trotz seines Ernstes gab es nichts Anklagendes oder Aggressives darin, eher den Hauch eines Bedauerns, und unaufhaltsam nahm die Ent-fernung zwischen uns zu. Und während er lächelte, mit einem Mundwinkel nur, und kurz einmal die müden Au-gen schloss, hob er den Arm und griff mit zwei Fingern nach dem Saum des Chiffontuchs, zog es langsam von der Lampe. Blassbunte Formen glitten durch den Raum, ehe er es in die Tasche steckte, und dann nickte er stumm und ging hinaus.

Schlaflos die Nacht, wie konnte es anders sein. Am nächsten Tag machte ich wie vorgesehen blau, und am übernächsten kündigte ich fristlos und packte für West-berlin. Den Dicken Schmitt sah ich nie wieder; womög-lich war er an dem Abend schon krank gewesen. Als ich während der Semesterferien im nächsten Frühjahr bei meinen Eltern die Anzeige in der »Rheinischen Post« ent-deckte, ging ich zu dem angekündigten Termin auf den Friedhof in Kaiserswerth.

Erstaunlich viele Menschen waren gekommen, auch von

Trapp und Hochtief und anderen Firmen; in der Kapelle gab es nicht genug Platz für alle. Man übertrug die Gebete und kurzen Reden der Verwandten und Geschäftsführer per Lautsprecher. Dann wurde der Sarg auf einem Gestell herausgerollt, und Franziska und Tiago waren die Ersten, die ihm folgten.

Er trug eine Baskenmütze zu seinem dunklen Anzug, sie hatte sich bei ihm eingehakt, und unter der weiten Tuchhose war der Schuh kaum zu erkennen. Trotz ihrer Trauer wirkte sie seltsam geklärt: In ihrem fahlen Gesicht mit dem nach innen gerichteten Blick war dieselbe geistesabwesende Präsenz, diese fast zärtlich anmutende, alles andere ausschließende Hingabe an etwas, die ich manchmal bei ihrem Vater gesehen hatte. Sie bemerkte mich nicht oder wollte mich nicht bemerken. Unter ihrem schwarzen Mantel wölbte sich ein beachtlicher Bauch.

Das Sternbild der Idioten

Unter keinen Umständen gebt ihr die aus der Hand«, sagte der Typ von der Requisite, als er die Dinger aus dem Blechkoffer nahm. »Wer immer sie von euch verlangt, und sei es der Produzent persönlich: Lasst ihn abblitzen. Nur mir händigt ihr sie aus, verstanden? Treibt keinen Unfug damit, das kann teuer werden, sehr teuer für alle Beteiligten. Und denkt daran: Ich hab euch immer im Blick!«

Dieser Wichtigtuer redete mit uns, als wären wir Beschränkte. Alle, die irgendwas zu sagen hatten in dem Team, benahmen sich ähnlich arrogant; für die waren Komparsen nichts als Fußvolk, mit dem man nur Ärger hatte. Aber es gab einen Zehner die Stunde, und das war in Zeiten, in denen eine Hinterhofwohnung hundert Mark Miete kostete und der Liter Wein im Karton achtundneunzig Pfennig, ein sehr korrekter Tarif. Die Gewehrläufe waren übrigens zugelötet.

Gloria, die in der Produktionsfirma arbeitete, verschaffte uns manchmal diese Jobs. Sie wohnte mit ihrer Familie in der bröckelnden Kiste in der Oranienstraße, in der ich den Hauswart machte. Das hört sich jetzt wer weiß wie an, aber was hatte man groß zu tun. Einmal in der Woche Treppen wischen und immer schön den Müll runterstampfen, fertig. Um die Heizung musste ich mich nicht kümmern, weil es keine gab, alle hatten Kachelöfen, und im Winter trug ich den älteren Herrschaften die Briketts rauf und schaufelte ein bisschen Schnee. Dafür konnte ich mietfrei wohnen, war ja auch was, und manchmal fuhr ich zum Großmarkt und half beim Abladen. Oder ich stand im Gartenamt an.

Damals brauchte ich dringend Knete, denn ich hatte noch so ein Ding zu laufen, kleine Körperverletzung, und wollte auf keinen Fall einfahren, war ja Sommer. Der Anwalt hatte eine Ratenzahlung durchgeboxt, und Gloria sagte, bei diesem Film über die Berliner Mauer könnten wir uns auf zehn Drehtage einrichten, also auf mindestens achthundert Peitschen. Sie war schon ein Goldpokal, muss man sagen, und auch ihren Mann, den Christian, mochte ich gern. Er hatte Kunst studiert und malte ziemlich abgedrehtes Zeug, das sich wohl nicht verkaufte. Jedenfalls stand er auch auf ihrer Komparsenliste.

Dann gab's da noch Matthew, ihren Geliebten, einen ehemaligen Junkie, der angeblich gerade seinen ersten Roman schrieb, erzählen kann man viel, und auch Falk gehörte zu unserer Clique, ein großer Junge, den alle für schwul hielten, weil er so schön war. Er trat manchmal mit der Performancegruppe TMM auf – »Töten macht müde!« – und hatte eine ziemlich coole Art. Mit dem konntest du dir in der »Henne« die Kante geben, und er sagte so beiläufig, als würde er nach der Uhrzeit fragen: »Hat eine der anwesenden Damen zufällig Lust auf

Geschlechtsverkehr?« Musst du erst mal bringen, mitten im Feminismus!

Der Drehort war im Wedding, also Gesundbrunnen, ein paar Schritte entfernt von der echten Mauer. Ganz langsam kroch die U-Bahn durch ein paar von diesen verrammelten Geisterbahnhöfen im Osten, und so war ich schon mal gut eingestimmt. Aber als ich zu der Adresse kam, dachte ich im ersten Moment doch: Ach du Scheiße, hast du ein Schild übersehen? Du stehst ja in der Todeszone!

Aus einer hügeligen Senke zwischen den Häusern ragte ein Stück antifaschistischer Schutzwall mit Turm, und ein paar Soldaten montierten diese trompetenartigen Schussanlagen. Andere harkten den Minenstreifen hinter den Panzersperren, und ein rotes Transparent mit der Aufschrift »DDR – die Bastion des Friedens in Deutschland!« blähte sich im Wind. Der Mauerhund an seinem Seil, natürlich ein Schäferhund, kläffte zu mir hoch, und ein Offizier in Reitstiefeln musterte mich streng.

Ich war echt erschrocken, denn ich hatte so meine Erfahrungen mit den Herren von der anderen Seite. Mit einem geliehenen Auto war ich mal nach Westdeutschland gefahren und wurde angehalten wegen zu hoher Geschwindigkeit. Und nur weil ich meinen Führerschein zu Hause vergessen hatte, steckten die mich geschlagene zehn Stunden in so eine Baracke neben der Transitstrecke! Die unterstellten mir tatsächlich, ich hätte die Pappe an einen ihrer Bürger vertickt, damit der ausreisen konnte. Übelste Nazi-Typen in Ostuniformen, und nach einer Weile kriegte ich 'n bisschen Bammel in meinem Kabuff ohne Aschenbecher und dachte: Die könnten dich auch einfach verschwinden lassen hier, in ihrem volkseigenen Wald …

Ich trat also wieder einen Schritt zurück, in den sicheren Westen, da sah ich Gloria. Ein Klemmbrett in der Hand, ein Funkgerät am Gürtel, kam sie in ihrem kurzen schwarzen Lederrock über den Todesstreifen und winkte mir zu. Was für eine Frau, nicht nur wegen der Figur. Sie lächelte immer, war dauernd gut drauf und hatte doch schon eine Menge Punk erlebt. Ihr kleiner Sohn war an Leukämie gestorben und zwei missglückte Geschäftsbeteiligungen – eine fahrbare Croissant-Bäckerei und ein Hundefutter-Lieferservice – hatten sie an den Rand der Privatinsolvenz gebracht. Sie unterstützte ihren malenden Mann, war die beste Freundin ihrer pubertierenden Tochter, und nun klebte ihr noch dieser Geliebte an den Hacken, der immer kurz davor war, rückfällig zu werden. Ich hatte mal eine Matratze in seine Wohnung gebracht; bei dem hingen blaue Müllsäcke vor den Fenstern, als Vorhänge.

»Geh da rein, Max«, sagte sie und zeigte auf ein runtergerocktes Hinterhaus. »Im ersten Stock kriegst du deine Uniform und eine Waffe. Du bist ein braver Soldat der Volksarmee, Alkohol im Dienst ist verboten, und kein Frauenbesuch auf der Bude, wenn ich bitten darf.« Sie zwinkerte mir zu, machte einen Haken auf ihrer Liste und drehte sich auch schon wieder um. »Bis später dann. Gerade ist denen eingefallen, dass sie noch einen malerischen Obdachlosen brauchen. Ich frag mal den Atze am Kotti, der will sich einen Dackel zulegen. Vielleicht kriegt er den Hintern ja hoch …«

Ich wollte ihr noch nachrufen, dass sie Plastik auf ihre Sitze legen sollte, ließ es aber. Auf der Treppe von dem Abbruchhaus kamen mir lauter Leute mit wichtigen Gesichtern entgegen, als wäre das hier Arbeit. In dem Loft voller Schminkspiegel war eine Leine mit Bettlaken gespannt: links die Frauen, rechts die Männer. Ich kannte fast jeden aus dem »Morgenrot«, dem »Risiko«, dem »SO 36« oder dem »Dschungel« – Gloria versorgte alle. Auch Christian, Falk und Matthew waren schon da, und wir kriegten diese grünen DDR-Uniformen mit dem Strichelmuster verpasst, dazu Käppi, Koppel, Stiefel und ein Halstuch, alles originalgetreu, alles frisch.

Dann kam der erwähnte Requisitentyp und erzählte uns das mit den Knarren, und schließlich stapften wir runter zum Drehort und legten uns hinter dem Wachturm ins Gras. Wenn du Komparse bist, hast du über neunzig Prozent der Zeit nichts zu tun, das macht den Job so anstrengend, und weil es nur Wasser gab und Skat nicht mein Ding ist, wurde es schnell langweilig. Also las ich eins von den spiralig gebundenen Drehbüchern, die überall herumlagen. Die sind ja meistens nicht dick.

Die Geschichte war ungefähr die, dass einem jungen DDR-Typen die Unfreiheit in seinem Land auf den Sack geht und er immer auf der Mauer herumtanzt, damit sie ihn in die Klapse stecken. Von da kauft ihn dann die Bundesregierung frei, und er guckt sich eine Weile die Psycho-

und Potenzprobleme der Westler an und will immer noch, dass die Mauer endlich verschwindet. Er hat so Träume, dass er als Moses mit seinem Stab gegen den Beton schlägt, alles bricht zusammen, der Horizont leuchtet, und er kann die Ostler wie einst die Israeliten in die lang entbehrte Freiheit führen.

Heilandsack, wohin war ich denn hier geraten? Wir hatten 1981, die Mauer stand seit zwanzig Jahren, und plötzlich fällt so einem Schreiberling ein, dass er gern wieder ein richtiges Großdeutschland hätte? Mit Reichsadler und Stalinorgel, oder was? Ich meine, wer damals in Schöneberg oder Kreuzberg lebte, den interessierten die Grenzen und der Bereich dahinter so viel wie die Rückseite vom Mond. Und seien wir ehrlich, unsereins war doch froh, dass es diese schöne hohe Mauer gab, oder? Die Ost-Spießer mit ihren stinkenden Trabbis hielten sich in Grenzen, und die West-Spießer, die nach Apfelshampoo rochen und immer über die Scheiße auf den Bürgersteigen fluchten, blieben auch außen vor. Man war unter sich auf dieser bunt gescheckten Narreninsel, und kein Westberliner trat je in Hundekacke! Oder nur ein zugezogener, am Anfang.

Na ja, irgendwann wurden wir zu unserem Einsatz gerufen. Falk und Matthew mussten auf den Turm und die Gegend mit ihren Ferngläsern absuchen – da waren Pappscheiben drauf, damit sie nichts reflektierten –, und Christian und ich sollten in einem Jeep durchs Bild fahren. Er war ein anständiger Kerl, ein Künstler ohne Allüren, und kümmerte sich rührend um seine Tochter; aber seit Gloria mit Matthew ging und sie sogar in der Wohnung fickten, tat er mir auch ein bisschen leid. Immer stiller wurde er, und die Bilder in seinem Dachatelier, früher fetzig bunt, hießen jetzt »Mondlicht in Dosen« oder »Spätes Grau«.

Wir kriegten ein Funkgerät, legten unsere Karabiner auf die Rückbank und warteten auf das Kommando, aber eine lange Weile geschah nichts. Ich las weiter in dem Drehbuch, eine Seite öder als die andere, aber dann erschien Moses auf einem Hügel, die Traumszene. Er trug ein Stirnband und ein langes, im Wind wallendes Gewand, blau und braun gestreift, hielt so eine Art Bischofsstab in der Faust und führte das freiheitstrunkene Volk an. Im echten Leben war er übrigens ein berühmter Sänger, dessen Namen ich hier mal nicht sage … Ich meine, wir können über die Stooges, die Dead Kennedys, die Ramones oder die alten Kinks reden, aber dem seine Mucke, diesen Stadionkram, hätte ich mir nicht taub angehört. Und jetzt wollte er auch noch Schauspieler sein und führte die Ostler durch den Mief der Nebelkerzen, die überall qualmten, in das Gelobte Land.

Während die Mauer einstürzte, mussten wir mit dem Jeep vor die Trümmer fahren, hart abbremsen und große Augen machen, so: »What the fuck …« Und ich als gelegentlicher Bauarbeiter sah natürlich sofort, dass hier was nicht stimmte. Unversehrt war das Ding mitsamt der Rohrauflage perfekt gewesen, zum Verwechseln ähnlich; aber die Schnarchnasen vom Kulissenbau hatten vergessen, dass die Brocken auch an den Kanten wie grauer Beton aussehen mussten und nicht wie weißes Styropor … Also alles noch mal von vorn, den ganzen verdammten Mauerfall. Man pinselte Zementschlamm auf die Trümmer und trocknete sie mit Föhns, was ewig dauerte, und dann wurde alles wieder zusammengefügt, Moses kam, Zauberstab, rumms! Und endlich war Mittagspause.

Aber jetzt kommt's, das gibt's in keinem Streifen: Der Hauptdarsteller samt Managerin, der Regisseur und die Produzenten wurden in ein Edelrestaurant kutschiert, nehme ich an, jedenfalls fuhren zwei fette Limousinen vor. Die anderen Crew-Mitglieder aßen in einem Küchencontainer, aus dem es nach Zwiebelbraten, frischen Waffeln und Kaffee roch – und für die Komparsen hatten sie einen Tapeziertisch voller Chipstüten, »Haribo«-Konfekt und Wasserflaschen aufgestellt.

Ich dachte, ich guck nicht richtig, und drehte mich nach Gloria um, aber die war nirgends zu sehen. Auch meine Kumpel und viele andere schüttelten den Kopf. Nach vier Stunden Arbeit in Hitze und Staub ein paar Tüten Krümel und Wasser, das nicht mal gekühlt war? Außer dem Atze, diesem Obdachlosen, der sich Hände voller Lakritzschnecken in die Taschen stopfte, fanden das alle frech, und als einer von den Israeliten einen Produktionstypen ansprach, tat der ganz erstaunt und sagte: »Ja, habt ihr euch denn kein Stülleken mitgebracht?«

Schon für das Wort hätte ich ihm in den Arsch treten mögen, aber Matthew, der immer sah, wenn bei mir die roten Lichter flackerten, stieß mich an und sagte: »Komm Max, vergiss es, du hast noch Bewährung. Und die Gloria braucht diesen Job. Nimm deine Knarre, wir gehen uns einen Döner schießen.«

Er kannte den Kiez, hatte hier mal gedealt und wusste, wo es die besten Pommes gab. Keiner auf den Bürgersteigen beachtete unseren Trupp, und auch der Türke in der Kattegatstraße war nicht erstaunt, als wir mit einem zackigen »Merhaba!« bei ihm reinstiefelten. »Seid ihr Echte«, fragte er, »oder arbeitet ihr beim Film?« Und dann machte er vier Flaschen »Schultheiss« auf. Mag ich normalerweise nicht trinken, aber gut, auf Arbeit geht das schon mal.

»Wieso?«, fragte Christian, während wir die Knarren in den Schirmständer stellten. »Kommen hier auch richtige Vopos rein?«

»Na klar«, sagte der Türke, »was denkst denn du. Aber normal nur nachts. Bei denen gibt's keine Döner, weißt du. Die huschen über ihre Grenze, lassen sich alles einpacken und huschen wieder zurück. Manche wollen auch nur ›Mars‹ oder ›Bounty‹ oder mal an der ›Goldenen Sieben‹ spielen.« Er hielt sich einen Finger vor den Mund. »Aber ich hab euch nichts gesagt, ich sprech nur türkisch.«

Und da hatte Falk dann diese blöde Idee. Ich meine, auf den ersten Blick war sie sogar witzig, konnte keiner was gegen sagen; aber eben nur auf den ersten. Er fotografierte nämlich dauernd, hatte immer eine kleine Kamera dabei, so eine »Minox«, und bei seinen Auftritten warf er dann die Bilder an die Wand; auch einen Akt von Gloria hatte er schon mal verwendet, mit blau gefärbten Schamhaaren. Wir aßen also unsere Döner mit viel Zwiebeln und noch mehr Knoblauchsoße, tranken einen »Underberg« und marschierten rüber zur Wollankstraße, einem verlassenen Übergang damals. Ich drückte meine Zigarette auf dem Schlagbaum aus – das Bild habe ich heute noch – und dann drehten wir uns um und taten so, als wären wir Soldaten der Volksarmee, die gerade ihr Land verließen. Dabei sollten wir lächeln und winken.

Liebes Kaninchen, da war was los. Ich meine, nicht nur Falk knipste wie wild, auch aus dem Grenzturm, wo man die getönten Scheiben zur Seite geschoben hatte, wurden Bilder aus drei oder vier Kameras geschossen. Ein Offizier mit reichlich Lametta auf den Schultern öffnete einen Kasten an der Mauer und nahm ein Telefon heraus, und hinter der Schranke kreuzte genau so ein Jeep auf, wie ich ihn gerade gefahren hatte. Auch darin knipsende Soldaten, und nun wollte Falk, dass wir uns umdrehten und rüber grüßten, nach dem Motto: Getürmte Ostler im Westen winken den verbliebenen Kameraden zu. Und am Ende tanzten wir sogar ein bisschen, eine Art Sirtaki mitten auf der Straße. Der Sorbas ist mein Freiheitsheld.

Aber dann ging die Tür der Westberliner Grenzbaracke auf, und so ein gemütlicher Polizist mit Bauch und einer angebissenen Fleischwurst in der Hand kam raus und rief: »Ja, was soll denn das jetzt, Jungs! Hört ihr mal bitte mit dem Unfug auf? Was denkt ihr euch bloß? Es ist Mittagspause!«

Er schien zu grinsen, aber es sah noch dienstlich aus, und

Matthew hielt sich die Fingerspitzen ans Käppi und rief: »Zu Befehl, Hauptkommissar! Entschuldigen Sie die Störung. Wir wollten nur rasch ein paar Fotos vor der echten Mauer machen! Als Andenken!«

Der Beamte schüttelte den Kopf und wies zum Drehort: »Aber wieso, ihr habt doch eine eigene da drüben! Die ist viel schöner!« Er meinte wohl, nicht so zugeschmiert mit Graffiti, natürlich nicht, weil im Film die Ostseite, und dann marschierten wir zum Türken zurück, der Karabiner wegen. Der Laden war voll, aber sie ragten immer noch wie Schirme aus dem Ständer.

Nach der Pause ging es zunächst ganz normal weiter. Da das Licht sich verändert hatte, wurden Scheinwerfer eingeschaltet und Reflektoren aufgestellt, und wir rollten Draht mit Gummistacheln aus oder patrouillierten an der Mauer entlang, die leicht wackelte im Wind, was aber niemand zu sehen schien; war ja ein deutscher Film. Auf dem Todesstreifen lag eine zerknüllte »Haribo«-Tüte, der Wachhund leckte uns die Hände, die wahrscheinlich nach Dönerfleisch rochen, und plötzlich gingen die Scheinwerfer wieder aus, ohne dass jemand »Cut!« gerufen hätte.

Eine polternde Unruhe wurde laut in den Produktionscontainern. Die Telefone, die normalerweise abgestellt waren beim Dreh, schrillten unablässig, und wir legten uns in das sonnenwarme Gras und schlossen die Augen. Jeder hatte sich noch ein Bier mitgenommen, die Westflaschen passten genau in die Beintaschen der Ostuniformen, und einer der Biblischen zog ein kleines Radio unter dem

Gewand hervor und hörte Fußball, DFB-Pokal. Eintracht Frankfurt führte drei zu eins gegen den 1. FC Kaiserslautern, und als ich mich aufrichtete, um einen Schluck zu trinken, sah ich Gloria auf dem Moses-Hügel.

Zu ihrem schwarzen Rock trug sie einen licht gestrickten gelben Pullover, darunter einen schwarzen BH, und ich legte meine Stimme etwas tiefer und sagte: »Hallo, Baby!« Aber sie schüttelte nur den hübschen Kopf. Ihre Augen schwammen in Tränen.

In den Chef-Container sollten wir kommen, wo offenbar die Klimaanlage ausgefallen war und die Luft sich in eine knetbare Substanz verwandeln wollte. An den Schreibtischen saßen zwei Männer in Hemdsärmeln, mit großen nassen Landkarten unter den Achseln, und gifteten uns aus den Lidwinkeln an. Beide hatten Telefonhörer am Ohr und sagten eigentlich immer nur: »Jawohl! Natürlich! Selbstverständlich! Fraglos ja.«

Der Regisseur hockte in einem Sessel und rieb sich das Gesicht mit beiden Händen. Seine Glatze sah aus, als läge so eine Noppenfolie darauf, aber es waren Schweißperlen, dicht an dicht. Er hatte tiefblaue Ringe unter den Augen und sagte mit einer Stimme, die so dünn war, dass ich dachte, der stirbt uns hier gleich weg: »Träum ich, oder ist das Wirklichkeit? Was habt ihr denn da angerichtet, Jungs? Wie geht ihr mit meinem Werk um! Wisst ihr, was jetzt mit uns allen passiert?«

Meine Güte, was konnten Leute wie wir schon groß anrichten. Einer der Männer, ein Produzent vermutlich, obwohl er ziemlich hager war, knallte den Telefonhörer auf den Apparat, sprang hoch und rief: »Nichts wissen die, was sollen die denn wissen, guck sie dir an, diese Loser. Es ist immer das gleiche Lied, bei jedem Projekt. Wenn du mehr als fünf Komparsen am Set hast, gibt es Ärger. Das scheint ein Naturgesetz zu sein.«

Wir standen in einer Reihe an der Blechwand, die Hände an der geistigen Hosennaht gewissermaßen, und Falk drückte den Rücken durch und sagte: »'tschuldigung, wenn ich kurz widerspreche. Naturgesetze gibt es nicht beim Film. Nur in der Natur.«

Der Typ war immer schlagfertig, muss man sagen. Als uns nach diesen Häuserkämpfen in der Reichenberger mal die Bullen umstellt hatten und fragten, was das große FTC hinten auf meiner Lederjacke bedeutete, wollte ich schon die Wahrheit sagen – was allerdings Beamtenbeleidigung gewesen wäre. Die kotzten mich nämlich an mit ihrem Geknüppel, seit Wochen stank es in meinem Kiez nach Tränengas. Aber zum Glück nahm Falk mir die Antwort ab. »FTC heißt Friedenauer Tennis-Club«, sagte er. »Ich bin da Schriftführer.« Und die Cops konnten nichts machen, ließen uns durch.

Nun stand der andere Produzent auf, so ein massiger Typ mit Wildschweinaugen, und sagte durch die Zähne: »Werd auch noch frech, du Clown! Hast du eine Ahnung, was hier gerade passiert ist? Soll ich's dir erzählen? Zwanzig Schauspieler, fünfzig Crew-Mitglieder und hundert Komparsen sind von einer Sekunde zur nächsten arbeitslos geworden, weil uns die oberste Instanz in Westberlin, die Alliierte Kommandantur, mal eben die Dreherlaubnis entzogen hat.« Er hob das fette Kinn, das voller Rasierschnitte war. »Lustig, oder? Und wollt ihr wissen, warum? Weil ein kleines Fax von denen da drüben eingetroffen ist, wegen einer *Grenzprovokation.* Schon mal gehört?«

Er konnte ganz schön verächtlich den Rotz hochziehen. Dass die humorlos waren im Osten, hatte ich ja erlebt, das wurde den Vopos schon in der Lehre beigebracht, nehme ich an. Doch musste man deswegen alles todernst nehmen? Matthew rieb sich die Nase, um sein Grinsen zu verbergen, und Christian sagte: »Das ist jetzt aber wirklich Unsinn. Wir haben niemanden provoziert, sind einfach nur herumgegangen. Ein kleiner Verdauungsspaziergang nach all den Chips, ganz ohne Waffen. Das wird man wohl noch dürfen in der Pause!«

Der Hagere, bei dem sogar der Krawattenknoten durchgeschwitzt war, kriegte einen knallroten Hals und keuchte: »Dich kenne ich, Freundchen, und ich kenne deine Frau. Ihr alle seid registriert, wir haben eure Personalien. Es laufen noch Interventionen vom Senat, aber wenn der Kontrollrat seine Entscheidung nicht zurücknimmt und dieses Projekt tatsächlich geplatzt ist, kommen Kosten und Prozesskosten auf euch zu, die eure schlimmsten Ängste übertreffen werden. Es sind Millionen, und weil ihr Armleuchter nicht einen Bruchteil davon bezahlen könnt, werdet ihr mit zerfransten Rosetten im Knast vergammeln, das schwöre ich euch!«

Zugegeben, jetzt wurden meine Knie etwas nachgiebig, schließlich hatte ich noch Bewährung, da durfte nichts passieren. Und so sagte ich denn: »Aber wir wollten wirklich niemanden ärgern, Chef. Jeder konnte doch erkennen, dass wir beim Film sind mit diesen gebügelten Uniformen und nur Spaß gemacht haben. Kleine Improvisation …«

Da lachte der Dicke, ein hämisches Bellen. »Ihr beim Film? Na klar, Mann, so seht ihr aus! Ihr seid echte Superstars, ihr vier, eine Neuentdeckung, würd ich sagen! Ihr seid das Sternbild der Idioten! Und jetzt macht, dass ihr rauskommt, verdammt!«

Unsere »Schultheiss«-Granaten in den Hosentaschen hatten sie nicht bemerkt, und wir gingen hinter den Turm und gönnten uns noch einen Schluck. Millionen, Millionen, wer glaubte denn so was … Ich meine, die kriegten ihre Dreherlaubnis noch am Nachmittag zurück, und ich hab den Streifen später gesehen, bei der Premiere im »Delphi«. Obwohl ich zu erkennen bin in dem Jeep, bei genauerem Hinsehen kann man mich erkennen, wäre es eine echte Kulturtat gewesen, wenn wir den verhindert hätten. Kein Mensch braucht so einen Mist, in dem die Schauspieler nur ausgedachte Sachen quatschen und jede Szene im Voraus zu erraten ist. Sogar Gloria, die neben mir saß, den Kopf an meiner Schulter, hatte leise geschnarcht.

An dem Tag wurde also noch weitergedreht, und am Abend waren alle wieder gut drauf. Der Regisseur umarmte den Hauptdarsteller wegen irgendeiner geglückten Szene, und wir kriegten unser Geld – auch für die Stunden, in denen alles abgeschaltet war. Nur dieser

Atze, den Gloria extra aus Kreuzberg geholt hatte, der kriegte nichts, null. Er war ein echter Obdachloser, so ein knuddeliger Bärentyp aus einem Keller am Kotti, mit dem sie immer ein paar Worte wechselte, wenn sie morgens zum Bäcker ging; ihr Auto roch noch tagelang nach dem. Aber angeblich stand er nicht auf der Liste.

Vielleicht, weil seine Szene weggefallen war? Während der Held, dieser junge Ostler, mit großen Augen und offenem Mund durch eine Westberliner Straße ging und den glitzernden Kapitalismus bewunderte, sollte er wie im richtigen Leben vorm Supermarkt liegen und still vor sich hin schimmeln. Wegen der Verzögerung durch die Alliierten würde man das nachdrehen, hieß es, und obwohl der Mann mit dem krümeligen Bart und den teerschwarzen Fingernägeln fast den ganzen Tag auf dem Set gewartet hatte, ging er nun leer aus. »Stülleken« klappte die Kassette zu.

Gloria war schon wieder weggefahren, konnte also nicht für ihn eintreten. Ein paar People protestierten zwar leise, aber das wurde überhört, und dieser Atze, der trotz der Jahreszeit einen gefütterten Parka trug, fing still an zu weinen. Er nagte an seiner rissigen Lippe, während er ungläubig in die Runde starrte, Wind klappte ihm die Kapuze in den Nacken, den räudigen Fellrand, und dann kehrte er die leeren Hände vor und sagte schniefend: »Na, dann hätt ick ooch zu Haus bleim könn'n, oder? Wat soll ick 'n jetzt machen, Mensch? Ick hatte den Hund doch schon anbezahlt!«

Aber der Produktionstyp zuckte nur mit den Achseln

und verschwand im Büro. Moses stieg in die Limousine, in voller Montur, wahrscheinlich zog er sich im »Kempinski« um, und auch der Regisseur fuhr durch die Panzersperren davon. Atze liefen die Tränen oben in den Bart und tropften unterm Kinn wieder raus, und er schüttelte den Kopf, wischte sich den Rotz an der Nase mit dem Ärmel weg. Sein Dilemma war zum Teil auch unsere Schuld, klar, und wir sahen uns an, trafen uns in einem einzigen Blick. Alle Sterne haben dasselbe Licht, denk ich mal, und alle Idioten denselben Stern. Christian war der Erste, der dem Mann auf die Schulter klopfte. Staub puffte aus dem Parka hervor.

Aber nicht nur wir griffen in die Taschen und gaben ihm von dem Geld ab; jeder einzelne der Statisten, und es waren eine Menge, steckte ihm was zu, wirklich wahr. Den Mund geöffnet, die verweinten Augen groß, stand er zwischen dem auserwählten Volk mit den Taubenkörben und den Lämmern auf den Schultern, den Uniformierten mit den zugelöteten Gewehren und den Westlern, die als jeansblaue Ostler verkleidet waren, und musste die Scheine mit beiden Händen und gespreizten Fingern vor der Brust zusammenhalten, damit sie ihm nicht davonwehten. Es war ein bunter Strauß aus zerknitterten Zehnern, Zwanzigern und sogar Fünfzigern, immer noch wurden ihm welche dazugesteckt, und er nickte und weinte und sagte: »Danke! Danke, jetzt ist gut, Leute. Vielen, vielen ... Jetzt ist aber wirklich gut, sehr nett. Ihr müsst doch auch was haben. Es reicht, es reicht, Freunde! Danke, es reicht!«

Alle Julias!

Auch abends ließ die Hitze kaum nach. Staub schwebte in den Sonnenstrahlen, die durch die Bäume vor den Fenstern fielen, Spinnfäden zitterten am Lampendraht. Sie schob den letzten Karton vors Regal und reckte sich nach dem Foto in dem versilberten Rahmen, als das Klingeln erneut einsetzte – der durchdringende Ton eines Apparats aus der Zeit, in der die Menschen unwillkürlich die Stimme hoben, wenn sie telefonierten, und der Anruf aus der Nachbarstadt schon Ferngespräch hieß. Marcel hatte ihn installiert, eine Erinnerung an die Kindheit. Aber auch jetzt hob sie nicht ab; es gab längst neue Mieter, und die im Institut und in der Hubertus-Chaussee hatten ihre Handy-Nummer. Sie setzte sich auf die Stufe zum Esszimmer und blätterte in einem der Bildbände, in denen unzählige Zettel steckten, eng mit Bleistift beschrieben. Es waren die Einfälle und Anmerkungen voller Verweise, aus denen er seine Essays und Katalogtexte machte, und dennoch überflog sie jede Notiz in der wehen Hoffnung, irgendetwas Persönliches darin zu finden, letzte Spuren vergangener Jahre.

Dann schrillte das Telefon abermals. Über ihr, im ersten Stock, begann das Baby zu schreien, und seufzend stand sie auf. Die Schritte hallten zwischen den kahlen Wänden, die vergilbt waren vom Zigarettenrauch; doch wo Schränke und Truhen gestanden hatten, glänzte das geölte Parkett noch so bernsteinfarben wie bei ihrem Einzug. Die Station stand auf der niedrigen Bank des Terrassenfensters, und als sie nach dem Hörer greifen wollte, setzte das Klingeln wieder aus.

Wenn Kunst im Innern nicht etwas anderes wäre als Kunst, welchen Sinn hätte sie dann? Der Kubus von 1934 ist eine stumpfschwarze, knapp einen Meter hohe Bronze, ein unregelmäßiges Polyeder (Dodekaeder?), das wie ein Meteorit aus einem fremden Sonnensystem anmutet. Oder wie ein kantiger Götterschädel ohne Gesicht. Und dennoch mit durchdringendem Blick.

Laut Vertrag musste die Wohnung am Wochenende geräumt sein, und einen Moment lang überlegte sie, den Stecker aus der Wand zu ziehen. Kaum aber hatte sie auf das Display geblickt, spürte sie ihren Puls im Hals, und Stürme absurder Gedanken machten sie so schwindelig, wie sonst nur das Aufschrecken aus einem Traum es tat. Eine Freiburger Nummer. Lange starrte sie auf die Zahlenreihe und zupfte an ihrem Ohrstecker. Es war aber keine von denen, die sie im Gedächtnis hatte, und als sie auf die Rückruftaste tippte, meldete sich natürlich nicht Marcel.

Der Stimme nach etwas jünger als sie, legte die Frau eine alberne, weil deutlich aufgesetzte Distinktion in die Ausformung ihres Namens: von Uhlenborg. Nach irgenddeiner Kanzlei klang das, nach diesen goldverzierten Maklerinnen im Chanel-Kostüm, und Julia stellte sich vor, verwies auf den Anruf. In der kurzen Stille, die folgte, glaubte sie die Glocken des Münsters zu hören, den Ruf zur Abendandacht um sieben, und dann zuckte sie zusammen vor dem schrillen »Nein!« der Frau, fast einem Schrei. »Menschenskind, ich glaub es nicht! Hab ich dich endlich an der Strippe? Hier ist Poppy, deine ehemalige Mitbewohnerin! Poppy, die Biene! Vogesenring!«

Es war das Freiburger Münster, kein Zweifel; nun erkannte sie die große, fast achthundertjährige Hosanna-Glocke, ihren etwas müden und altersweisen, wie um keine Wirkung mehr bedachten Klang, der einst die Fenster ihrer Studentenbude vibrieren ließ. »Poppy? Juliane Mohn? Du lebst immer noch in Freiburg? Wolltest du nicht vor einer Ewigkeit ...«

Die andere kicherte. »Furchtbar, oder? Hab einfach nicht die Kurve gekriegt. Dabei kann ich den Bibeleskäs schon nicht mehr riechen. Ich wohne jetzt am Stadttheater, recht hübsch und bahnhofsnah; da ist man schnell mal in der Schweiz oder in Frankreich. Und du? Wie geht's dir? Was treibst du?«

»Ach, nichts Besonderes. Das Übliche ... Aber welchen Namen hab ich da grad gehört, sag mal? Bist du verheiratet?«

»I wo, längst wieder geschieden. Der Kerl ist schwul, brauchte nur was Blondes zum Repräsentieren; mit mir Landei kann man's ja machen. Erst dachte ich, er ist das Superlos: gutaussehender Verbandspräsident, alter

Adel, durchaus nicht verarmt. Und dann überrasch ich ihn mit seinem Stürmer im Bad. Du glaubst nicht, wie viele Schwanzlutscher es im Profisport gibt. Zur Strafe hab ich seinen Namen behalten. Dr. Juliane von Uhlenborg – klingt nobel, oder?«

»Ja, es passt zu dir. Dafür kann man schon mal eine Ehe vor die Wand fahren. Und was arbeitest du? Immer noch im Rathaus?«

»Als Staubfänger, meinst du? Nee, ich bin jetzt in der Demoskopie, verwerte Umfragen, erstelle Gutachten und so. Ist zwar auch nicht viel prickelnder, denn was interessiert's mich, wie viele People Chips oder Nüsse vor dem Fernseher knabbern oder welche Beauty-Probleme die Jugend hat. Aber ich werde ordentlich bezahlt, und das entschädigt für manches. – Und bei dir? Wie steht's? Bist du immer noch mit dem Marcel zusammen?«

»Sicher«, sagte Julia und erschrak vor dieser Entschiedenheit, dem grauen Abgrund dahinter. Gleichzeitig entdeckte sie ein Loch im Strumpf, eine Laufmasche an ihrer linken Ferse. »Da hat sich nichts geändert.«

»Menschenskind, ich sterbe vor Neid! Wie lange geht das jetzt? Fünfundzwanzig Jahre? Und damals hätte ich wetten können … Na ja, ich sollte lieber ruhig sein; meine Beziehungen haben noch nie länger als zwanzig Monate gehalten. Weiß der Geier, was ich falsch mache.« Sie nippte von irgendeinem Getränk. »Wahrscheinlich liegt's im oralen Bereich; ich rede zu viel. In Bern fiel mir neulich ein Katalog in die Hände, Giacometti, da war ein Text von deinem Schatz drin, sehr kompliziert,

hab nur die Hälfte geschafft. Und in der ›Zeit‹ stand auch mal was. Dabei kriegte er in unserem Bühnenkeller kaum den Mund auf, stimmt's? Immer blass und feuchte Hände, dauernd diese Joints. Habt ihr denn Kinder?«
»Nein, haben wir nicht. Leider.« Sie räusperte sich, blickte auf ihre Uhr. »Hör mal, Poppy, ich will nicht ungemütlich werden, aber ich stehe hier gewissermaßen auf der Schwelle. Gibt es gerade etwas Dringendes, oder warum rufst du an?«
Deutliches Stutzen, erschrockenes Luftschnappen auf der anderen Seite. »Jesus! Jetzt bin ich dir auf den Schlips getreten.«
»Mir? Ach was, wie sollte das gehen. Ich fühl mich nur müde, hatte eine anstrengende Zeit. Kommst du mal nach Berlin? Dann plappern wir endlos, ja?«
Die Glocken im Hintergrund waren verstummt, und nun hörte sie tatsächlich einen Zug, das Quietschen der Räder auf den Schienen. »Und ob ich komme, Juli, und ob! Mit Glück schon im nächsten Monat, stell dir vor! Ich bin vielleicht aufgeregt! Endlich aus diesem Freiburg raus, weg von all den Erbsenzählern und ihrer Humorlosigkeit, das wäre ein Traum. Deswegen wollte ich auch mit dir reden. Hast du noch ein Momentchen Zeit?«
Sie atmete tief. Vögel hüpften in der Kastanie vor der Terrasse herum, pickten Milben von den kranken Blättern; ein Eichhörnchen jagte die Vögel. »Aber klar«, sagte sie seufzend und betrachtete ihre Ferse. Das Loch in dem schwarzen Strumpf war winzig, und dennoch fragte sie sich verärgert, ob sie es schon beim Anziehen übersehen

hatte. Sie rutschte mit dem Rücken an der Wand hinunter und setzte sich auf den Boden. »Dann schieß mal los.«

Der Kubus kennt dich nicht, und es liegt ihm wenig daran, dass du ihn wahrnimmst. Er ist auch ohne dich, was er ist, war es seit jeher. Er ist nicht einmal ein Kubus. Ihn zu denken heißt, ihn zu begrenzen, denn keine Theorie, Meinung oder Interpretation könnte ihm gerecht werden, weder Lied noch Vers – bestenfalls ein hymnisches Schweigen.

»Wieso hallt es eigentlich so bei euch?«, fragte Juliane. »Lebt ihr in einem Gewölbe?«

»Nein, nein, die Wohnung ist ausgeräumt. Es wird mir zu chic hier am Müggelsee. Die Mieten explodieren.«

»Oha. Und dein Herzblatt verdient nichts mit seiner Schreiberei, nehme ich an. Aber ihr kriegt was anderes Schönes?«

»Sicher, es ist okay. Also, was darf ich für dich tun?«

»Für mich tun? Wieso? Ach, natürlich! Folgendes: Du hast doch an verschiedenen Berliner Unis gearbeitet – kennst du vielleicht eine Frau Professor Raaben?«

Julia schluckte trocken, überlegte einen Moment. »Ja, sicher«, sagte sie schließlich. »Aber ›kennen‹ ist nicht das richtige Wort … Irmtraud Raaben, Systemtheorie, Kommunikationswissenschaften, Religionssoziologie und was nicht alles. Wieso?«

»Klingt irgendwie süß, oder? Irmtraud, meine ich. Nach

Häkelgarn oder Selbstgestricktem. Dabei war die beinhart. Sie hat hier einen Vortrag über Framing und neue Medien gehalten und den Provinz-Journalisten die Leviten gelesen, und der Wittmann, mein Doktorvater, machte uns bekannt. Interessante Frau, trotz dieser feministischen Ader. Die alte Schule halt, nichts für mich; ich brauch hohe Absätze ... Aber was ich fragen wollte: Weißt du zufällig, wie die als Chefin ist? Ich meine, wie sie mit ihren Mitarbeitern umgeht? Kann man der trauen?«

»Uff ... Was soll ich dir jetzt sagen, Mädchen. Ich bin nur noch zeitweise an der Uni. Bei den Studentinnen ist sie jedenfalls beliebt, ihre Seminare sind voll. Sie schreibt jedes Jahr ein neues Buch und leitet diverse wissenschaftliche Untersuchungen. Ein Arbeitstier mit dem erstaunlichen Talent, Berge von Forschungsgeldern aufzutreiben – was ihr die Missgunst vieler Kollegen beschert. Die nennen sie Krähe. Warum fragst du?«

»Ach, na ja, wir haben lange geredet, fast bis um zwei. Halleluja, die bechert vielleicht was weg! Aber immer klar in der Birne, sauber im Text; ich hab an ihren Lippen gehangen. Und als der Kurt, also der Wittmann, mal zum Klo ging, sieht sie mich so komisch an, legt mir eine Hand auf die Schulter und will wissen, wie flexibel ich bin. Was wird jetzt *das*, denke ich und krieg schon eine Gänsehaut. Aber dann stellt sie mir plötzlich einen Job in einem ihrer Berliner Projekte in Aussicht, für zwei oder drei Jahre. Einfach so, peng! Ich sei als Demoskopin wie geschaffen dafür.«

»Das hat sie gesagt?«

»Ja. – Ist sie eigentlich lesbisch?«

»Die Krähe? Schon möglich, wer weiß. Bei deiner hübschen Schnute könnte sogar ich es werden.«

»Mensch, Juli, veräppel mich nicht. Stell dir vor: Ich brech hier alle Brücken ab, verkaufe die Wohnung, lass mich von ihr einstellen, und dann kommt das welke Händchen … Uh! Jedenfalls hat sie meine Nummer gespeichert und mich zum Abschied auf die Wange geküsst.«

»Das war sicher mütterlich gemeint; da musst du keine Angst haben, glaube ich. Es gibt zwar kaum Männer in ihren Forschungsgruppen oder nur so durchsichtige, aber eine praktizierende Lesbe ist sie nicht. Sie mag halt den Anblick schöner Frauen, der inspiriert sie, und das kann ich auch verstehen. Wenn Kerle im Raum sind, wird das Denken gleich eckiger, stimmt's?«

»Findest du? Nö, würd ich nicht unterstreichen. Bei mir wird's feuchter.«

»Ach komm, du immer! Aber ein Glückskind bist du schon, oder? Dass es überhaupt noch Stellen an der Uni gibt … Ich dachte, da sei alles dicht.«

»Klar, ist es wohl auch, nicht nur in Berlin. Ich hab unzählige Bewerbungen verschickt in den letzten Jahren, im ganzen Land. Dabei sind diese Ausschreibungen meistens Fake; das läuft anders, wie man jetzt sieht, mit ganz viel Riesling. Aber ob ich den Job tatsächlich bald kriege, wer weiß … Da müssen erst noch ein paar Interna geklärt werden.«

»Ah ja?« In der Abendsonne schienen die braunen Ränder der Kastanienblätter zu glühen, und sie wischte sich den Schweiß von der Oberlippe. »Erzähl!«

»Nee, nee, so klatschhaft bin ich nun auch wieder nicht. Jedenfalls nicht nüchtern. Aber um auf den Punkt zu kommen: Du hast damals deine Dissertation über ein Frauengefängnis geschrieben, oder?«

»Nicht ganz, Süße: über die Resozialisierung schwer erziehbarer Mädchen. Meine *Habilitation* habe ich über die Vollzugsanstalt Charlottenburg verfasst.«

Ein leises Knistern, als würde etwas zerknüllt. »O Gott, entschuldige! Ich trete heute nur in Fettnäpfchen, wie es scheint. Und was genau hast du da untersucht? Erinnerst du dich noch?«

»Na, du bist ein Scherzkeks; das waren vier Jahre meines Lebens! Es ging um die Art und Weise der Unterbringung, um Konfliktherde, Liebesbeziehungen, Freitodraten und so weiter. Das sollte eine Grundlagenstudie für die frauengerechte Modernisierung des Strafvollzugs werden, kam allerdings zu den Akten. Wieso? Musst du in den Knast?«

»Ich? Ja, wahrscheinlich, stell dir vor. Es fing ganz harmlos an, Euer Ehren. Wir lernten uns in der Volkshochschule kennen, in einem Gruppensex-Kurs. Er hatte magische Hände. Aber dann verliebte er sich in meinen Dalmatiner, und blind vor Wut drückte ich ab! – Nein, Quatsch, hör zu: Bei euch wird demnächst dieses Großgefängnis am Flughafen gebaut, warte mal, wie heißt das …«

»Densow Eins. Hubertus-Chaussee.«
»Genau. Und laut der Raaben gibt es da planungsbeglei-
tende Untersuchungen in den anderen Zuchthäusern der
Stadt: Interviews mit Häftlingen, dem Wachpersonal und
den Dienstleistern, die ich koordinieren und auswerten
soll, bis hinein in die Baurelevanz. Eine irre Verantwortung. Dabei hab ich keinen Schimmer vom Strafvollzug,
null. ›Max Weber und die protestantische Ethik‹ hieß
meine Doktorarbeit, und wenn ich ehrlich bin, hat der
Wittmann mir die Hälfte geschrieben. Da war er noch
schlanker. Ich meine, ich wollte nur diesen Titel; der
sieht halt gut aus in der Garderobe und hält dir das Ge-
socks vom Leib ... Hallo? Juli? Bist du noch da?«

*Nacht für Nacht, Schicht für Schicht tragen wir ab, was
wir dem Zeitlichen schuldig sind. Am Ende bleibt der
Kubus. Wenn du ihn für etwas Heiliges oder für Gott
halten willst, ist er natürlich Gott für dich oder doch
sein Abglanz. Siehst du einen schwarz bemalten Gips-
block in ihm, ist er nichts als Gips. Immer aber steht
da: ein hinfälliges Bild dessen, was ewig lebt.*

»Ja, verzeih. Diese Tasten ... Was war jetzt dein Problem?«
»Na Mensch, die könnten mir wer weiß was erzählen!
Ist Nordlicht nun gut für die Zellen, oder macht es de-
pressiv, sollten in der Kantine kleine oder größere Tische
stehen, nimmt man Uniformen von Gucci oder von La-
gerfeld ... Im Ernst: Würdest du mir vielleicht zur Hand

gehen mit dem einen oder anderen Rat und mir zum Beispiel deine Arbeit schicken? Damit ich mich irgendwie einstimmen kann?«

Die Finger gespreizt, harkte Julia durch ihre zinnfarbenen Locken, wobei sie mit dem Ellbogen die Handtasche umstieß. Sie fiel von der Fensterbank, und ein paar Tablettenstreifen glitten daraus hervor, ihr Lippenstift und Marcels Schlüssel.

»Ich soll was? Ach, Poppy! Die ist längst nicht mehr aktuell. Die ganzen elektronischen Möglichkeiten spielten damals noch keine Rolle … Außerdem würde ich mir da nicht so viele Gedanken machen. Erstens gibt es sicher ein Team, das dir hilft, zweitens finden solche Untersuchungen ohnehin kaum Beachtung, weil die Konsequenzen Geld kosten, und drittens …« Ihre Finger zitterten, als sie den Schlüssel in die Tasche zurücksteckte. »Drittens könnten sie sogar von Studenten gemacht werden. Das ist auch nicht viel mehr, als herauszufinden, ob die Sträflinge nun Chips oder Nüsse bei der Sportschau knabbern.«

Theatralisch holte die andere Atem. »Du Biest«, hauchte sie, »jetzt wirst du gemein, oder? Am Vogesenring hättest du dir nach so einer Spitze allein den Rücken waschen können. Und meine berühmten Zimtnudeln wären auch passé!«

Dann kicherte sie wieder und goss sich irgendetwas ein. »Weißt du noch, dieser koksende Regisseur, der uns nackig zusammengebunden hat auf seinem Wasserbett? Und immer ›Alle Julias!‹ geschrien? ›Ich will alle Julias!‹ Der lebt wieder in Freiburg, stell dir vor, als irgendein Tier im Kulturamt. Ich seh ihn manchmal auf dem Markt, mit schwangerer Frau. Tut natürlich, als wäre ich Luft, und …« Sie stockte. »Ist das bei dir? Hörst du mich noch?«

»Ja, klar. Keine Ahnung, was hier piept. Vermutlich muss das Ding mal auf die Ladestation, wie ich. Mir werden grad die Lider schwer. Jedenfalls wünsche ich dir Glück, Mädchen, das ist doch eine schöne Aufgabe, könnte dir Spaß machen. Und die Stadt wird zu dir passen. – Du sagtest vorhin, es wären noch Interna zu klären? Gibt es weitere Bewerber?«

Spiralartig jagten sich zwei Eichhörnchen um den Stamm der Kastanie herum. »Sagte ich das? – Ach nee, aktuell ist noch jemand unter Vertrag, meinte ich damit. Eine Privatdozentin, nicht gerade zuverlässig. Sie kommt und geht, wann sie will, wegen irgendwelcher Beziehungsprobleme, wenn ich das richtig verstanden habe. Frau Professor Raaben war echt angesäuert, das einzige Mal an dem Abend, und wahrscheinlich ist da nicht nur Fachliches im Spiel … Aber wie gesagt, ich will nicht klatschen, das wäre ein schlechter Einstand in Berlin.«

Sie trank einen Schluck, stieß leise auf. »Mensch, bin ich nervös! Ich google schon den ganzen Tag und schmiede einen Plan nach dem anderen. Im Vergleich zu Freiburg finde ich eure Mieten ganz passabel, jedenfalls die auf Immonet. Wo wohnt man denn so? Wo soll ich hinziehen? Nach Mitte, Hackesche Höfe? Oder ist der Prenzlauer Berg noch in? Vor Jahren war ich mal …«

Wieder das Dröhnen über dem Münsterplatz, die alte Glocke, und Julia legte auf und zog die Schnur aus der Wand. Trocken ihr Mund, das Schlucken machte Mühe, und sie zwang sich, durchzuatmen, während sie den Kopf in den Nacken bog und zur Decke blickte, auf den Lorbeer und die Früchte aus rissigem Gips. Auch von der Kirche am Müggelsee wehte ein leiser Stundenschlag herüber.

Im ersten Stock tobten die Kinder durch die Räume mit jener Vehemenz, der man schon die Angst vor dem Zubettgehen anhörte. Irgendetwas klirrte, und dem hämischen Lachen des Jungen folgte das Weinen des kleineren Mädchens, sein wütendes Aufstampfen. Aber kurz darauf erklang die beruhigende Stimme der Mutter, und alles war wieder gut.

Denn auch als Materie, als Atom des Unendlichen, ist der Kubus spiegelverkehrte Mystik. Er will nicht schön sein, für niemanden. Liebe wäre kein Wort, mit dem man ihm beikäme, Hass schon gar nicht. Trotzdem verkörpert er, wie jede Form, ein Lodern gegensätzlicher Gemeinsamkeiten. Und darin ist Hoffnung.

Staub überschimmerte das Foto im Regal, Marcel mit einer Gauloise, und sie kramte ihr Smartphone aus der Handtasche, ließ die ID verbergen und tippte auf die Favoritenleiste. Während die Nummer gewählt wurde, legte sie die Zettel aus den Kunstbänden zusammen, sah in das Abendlicht über den Gärten und hörte ihrem Puls zu, dem harten Pochen zwischen den Signalen, deren Abstände nach und nach größer wurden.

Teller klapperten, Rauch von Grillfeuern stieg in die Bäume. Der Schatten eines Vogels huschte durch den Raum, und fast schon hätte sie das Handy wieder ausgeschaltet, da klackte es auf der anderen Seite, und die vertraute, etwas heisere Stimme sagte: »Raaben?«

Offenbar war sie aus tiefer Konzentration herausgeklingelt worden, und Julia betrachtete einen der Zettel. In der Dämmerung konnte sie die flüchtige Schrift kaum entziffern, Marcel hatte viel radiert, doch auf der Rückseite stand in deutlicheren Buchstaben: *Milch, Brot, Akazienhonig.* Und in Klammern darunter: *Pumps zum Schuster.*

Sie schluckte erneut, hielt sich das Papier, von dem ein schwacher Nikotinduft ausging, an die Lippen und ignorierte das ungeduldige »Hallo!« am anderen Ende. Sie drückte nicht einmal auf den roten Punkt. Das Loch im Strumpf starrte sie an, die winzige blasse Stelle, die vor ihren Augen verschwamm, während sich ihre Mundwinkel hoben, wenig nur, und das Display in ihrer Hand erlosch.

Admiral Frost

Er macht sich halt Sorgen«, hatte Jenny damals gesagt. »Mit deinen sechzehn Jahren bist du viel zu zart dafür. Natürlich sind die Forstwege still und gerade, Blinde könnten dort fahren. Aber du weißt nicht, was das Pferd wittert! Du kannst es nicht wissen, Lisa. Ein Rascheln im Busch, ein Geruch nach Blut, und panisch jagt es quer ins Holz. Die Splitter der Deichsel fliegen dir um die Ohren, und kippst du aus dem Sulky, womöglich schwer verletzt, darfst du nicht mal liegen bleiben. Du musst sofort wieder bei dem Tier sein, ehe es auf die Autobahn rennt und noch ein paar Leute umbringt in einer Massenkarambolage. Und später liegst du im Krankenhaus, im Gipsbett oder was, und machst dir lebenslang Vorwürfe!«

So viel von Jenny, die natürlich Papas Meinung war, denn sie schuldete ihm was. Obwohl er damals nur zahme Traberstuten hatte und oftmals Trainingsfahrer fehlten, wollte er mich nicht in den Wald lassen, oder nur mit dem Zweier-Sulky. Aber das war öde; da saß ich neben ihm wie in der Küche auch. Zwar sagte er jedem Besucher stolz, dass ich ganz seine Tochter sei, eine Pferdefrau, so wie er ein Pferdemann war; doch dauernd hatte er Angst, dass ich mir was tat bei der Arbeit. Dann hätte

Mama mit ihrem Sorgerecht mich nämlich nicht mehr zu ihm gelassen; die fand den Osten sowieso zu gefährlich. Dabei war noch nie was passiert.

Stattdessen wurde mir regelmäßig kotzübel von dem Zeug in seinem Kühlschrank, Salami aus der Antike, pelziges Brot. Der sah nämlich keinen Schimmel oder Dreck; der hielt das Verfallsdatum auf den Packungen für den Preis oder was und schlief in seiner Bettwäsche, bis sie wie die Rossdecken stank. Der Mama erzählte ich natürlich nichts davon, schon um den üblichen Kurzschluss zu vermeiden. Seit meiner ersten Regel kriegte sie immer so runde Blaulichtaugen, wenn mir mal schlecht war. Dabei hatte ich nur einen empfindlichen Magen.

So war das auch an dem Feiertag gewesen, Himmelfahrt, glaube ich. Papa hatte seine Soljanka gekocht, einen Topf für drei Tage, und ich möchte nicht wissen, was darin war. Alles, was wegmusste, nehme ich an. Sogar Bella, seine zottelige Hündin, die kaum noch Zähne hatte und nicht mal Nudeln verschmähte, roch nur daran. »Ist ihr noch zu heiß«, sagte er und schöpfte mir den Teller voll. »Hau ordentlich rein, wir haben ein Stück Arbeit vor uns. Diese Hamburgerin blitzt wie verrückt; die Kerle zerdeppern mir die Boxen.«

Ich zog einen Halm aus seinem Stoppelhaar; er hatte gerade das erste Heu eingefahren, das nahrhafte vor der Blüte. Es stimmte, seit dem frühen Morgen, seit ein Transporter mit dieser Stute gekommen war, wieherten sich die Hengste die Kehlen wund. Und dabei schlugen sie mit den Hufen gegen die Wände und Gitter, dass man

Angst um den Stall bekam. Wie Krieg klang das, als würden Granaten platzen, und ich hatte schon die Musik lauter gedreht, vergeblich. »Blitzen« ist übrigens, wenn die Stute ihren Schweif hebt und mit der Scham zuckt, so als Signal, und er goss mir etwas Bier in die Tasse, die noch vom Frühstück da stand. Schon als Kind hatte ich das Prickeln an der Oberlippe immer gemocht.

Die Suppe schmeckte gar nicht mal schlecht, nach Maggi eben, wie alles bei Papa; mit einem Klecks saurer Sahne und einem aufgebackenen Brötchen ging's. »Die Sache ist die«, fuhr er fort. »Die Hamburgerin muss gedeckt werden, und zwar per Natursprung und schnell. Ich meine, ein Hengst im Saft kann immer, aber Stuten wollen nur im Mai oder Juni. Und weil heute Herrentag ist und die ganzen Pfeifen mit Zylinder voller Schnaps durch Templin ziehen, brauche ich mit dem Reno nicht zu rechnen. Also wirst du mir helfen; so schwer ist es nicht. Wir müssen nur die Führungsketten im richtigen Moment straffziehen, alles Weitere macht die Natur.« Er grinste. »Der Admiral kennt sich da aus.«

Reno war sein Angestellter, ebenfalls ein gelernter Pferdewirt, der aber nicht auf dem Gestüt wohnte. Und der Admiral hieß eigentlich Admiral Frost und war ein großer schwarzbrauner Hengst, Papas ganzes Kapital, wie er oft sagte, obwohl die letzten Siege schon eine Weile zurücklagen. Er meinte wohl eher das Prestige in der Szene und die damit verbundenen Zuchtanfragen. Aber die konnten den Konkurs am Ende auch nicht verhindern, echte Traber wurden kaum noch verlangt, weil der Sport aus der Mode kam. Und zum Reiten sind sie nur bedingt geeignet.

Der Preis für Hengstsamen war schon länger im freien Fall, während alle Kosten stiegen, und so hatte Papa Renos Rat befolgt und auch fremde Pferde untergestellt, Platz gab es ja genug. Zu DDR-Zeiten war das ein Staatsgestüt gewesen. Und dann kamen diese Wochenendreiter mit den Hermès-Stiefeln und den neuesten SUVs aus Berlin, klappten ihre Sonnenschirme auf, telefonierten und filmten den ganzen Tag und fluchten über das schlechte Netz. Und der arme Papa, der Pferdeliebhaber hasste, kriegte ein immer längeres Gesicht und sagte: »Bald haben sie mich so weit. Bald ziehe ich mir eine weiße Schürze an und serviere Aperol Spritz.«

Aber sie brachten eben Geld, man konnte die Grundsteuer und die nötigsten Reparaturen auf dem Hof davon bezahlen. Und auch wenn manche meckerten, dass die Mietboxen nicht sauber waren oder man keine glänzenden Futterflecken auf dem Fell ihrer Tiere sah, als hätte Papa am Hafer gespart: Es gab Nette unter ihnen, Freundliche. Die sprachen leise zu den Pferden und striegelten sie lange mit weichen Kardätschen, und wenn er den einen oder anderen Tipp rausrückte, bei Hufrehen etwa oder bei Koliken, lächelten sie dankbar, als hätte er ihnen ein Kind gerettet. Meistens waren es die mit den billigen Autos.

Auch die Jenny fuhr so ein Schrottgerät, einen alten Golf, und ich mochte sie sehr. Sie war eigentlich Friseuse in Templin, aber nicht so eine tätowierte mit angeklebten Krallen; sie konnte was, hatte mir mal im Stall die Haare geschnitten. Ihre eigenen sahen allerdings wie Sauerkraut aus, und obwohl sie irgendeine Lymphgeschichte hatte, angeblich von den westlichen Färbemitteln, die sie nach dem Mauerfall verwenden musste, rauchte sie jeden Tag zwei Schachteln. Ihre große Brille stammte von anno Tobak, die unterirdische Stimme konnte man kaum sexy nennen, und auch das mit den Männern kriegte sie nicht richtig hin; noch nie hatten wir sie mit einem gesehen. Aber das musste vielleicht auch nicht sein.

Mit ungefähr fünfzig Jahren hatte sie sich etwas Geld zusammengespart, das Trinkgeld wohl, um sich ihren Lebenstraum zu erfüllen, ein eigenes Pferd. Und dann fand sie auch eins, die Safia, eine ausgebildete Springerin, und so was kriegte man nicht unter zehntausend Euro, sagte Papa, das hing von den Turniersiegen ab. Doch die graue Araber-Stute, ein stilles Tier, das fast verträumt aussah, hatte einen Knorpelschaden in den vorderen Knien und war deswegen viel günstiger gewesen. Reiten ließ sie sich aber ganz normal, auf Waldboden sogar im Galopp.

Pferde fressen nicht nur Zeit, sie sind auch teuer im Unterhalt, was man leicht vergisst. Gutes Futter, Tierarzt, Hufschmied, Boxenmiete und Versicherung, das läppert sich. Obwohl sie schon in eine kleinere Wohnung gezogen war, in so einen Plattenbau, kam Jenny irgendwann in die Bredouille, und Papa machte sich später Vorwürfe, dass er ihr das mit der Reitbeteiligung empfohlen hatte.

Ein seltsames Wort, ich kannte es auch nicht, und er sagte: »Ganz einfach: Viele Leute würden gerne durch die Gegend galoppieren, haben aber weder Geld noch Zeit für ein ganzes Pferd. Also teilt man sich den Aufwand. Du annoncierst im Internet oder im *Hufabdruck* ›Biete Reitbeteiligung‹ – und suchst dir von den Interessenten den aus, der am besten zu dir und deiner Safia passt.«

Und das machte Jenny und hatte Glück, wie es schien. Der Mann, etwa in ihrem Alter, wohnte in Lychen, fuhr einen Porsche Targa und war angeblich Arzt, ein Chirurg sogar. Meine Mutter arbeitete damals als Internistin im Urban-Krankenhaus in Berlin, und wenn sie von den Chirurgen mit ihren sensitiven Händen und der zupackenden Art sprach, klang das oft, als wären die in einer höheren Kaste. Gut sah er aus in seinen Samtcord-Sakkos und den Rollis, der neue Reiter, und die grauen Schläfen passten perfekt zu dem grauen Pferd. Aber leider war er immer besoffen. Oder jedenfalls benebelt, wer weiß wovon.

Einmal saß er verkehrt herum auf der Safia, die schwarz vor Schweiß auf den Hof getrottet kam, und redete mit den Wolken, und ein anderes Mal ritt er sie auf der gepflasterten Straße bis nach Templin – ein langer Weg, viel zu hart für eine Stute mit Knorpelschaden. Er band sie am Marktbrunnen fest, obwohl »Kein Trinkwasser« über dem Becken stand, kippte beim Italiener daneben ein paar Schnäpse und ritt dann durch die automatische Tür bei »Edeka« rein. Und nachdem er sich zwei Tüten Hafermüsli und eine Flasche Bordeaux geschnappt hatte, lenkte er das Tier durch die nächste Regalreihe zur Kasse.

Also, reiten konnte er, aber was ich hier so glatt erzähle, war natürlich ein schrilles Tohuwabohu: rutschende Hufe, zertrampelte Waschpulvertüten, platzende Gurkengläser, das volle Programm. Die Leute gerieten in Panik und stürzten aus dem Laden, die Polizei kam, und am Ende stellte sich heraus, dass der Mann gar kein Arzt war, sondern Patient, und zwar ein ausgebüxter. Den hatten sie schon mehrmals am Kopf operiert, und weil er nicht geschäftsfähig war, blieb der ganze Schaden samt Ordnungsgeld an Jenny hängen, eine Riesensumme. Keine Versicherung bezahlt einen Ritt durch den Supermarkt. »Wie soll ich das je verdienen?«, hatte sie unter Tränen beim Ausmisten geklagt. »So viele Haare kann man im Leben nicht schneiden; die gibt es in der ganzen Uckermark nicht.«

Papa ließ sie dann die Stute umsonst unterstellen, was ich ziemlich nobel fand. Er hatte ein schlechtes Gewissen, wie gesagt, aber schließlich konnte er nichts für den kranken Mann. Vielleicht hätte Mama sofort gesehen, dass etwas mit ihm nicht stimmte, und hätte Jenny gewarnt. Aber neben seiner Blindheit für Dreck hatte Papa auch keinen Blick für Menschen; auf jeden kleinen Zocker fiel er rein und sah nur, ob etwas mit einem Pferd nicht stimmte. Er musterte die Rückenlinie, den Augenglanz oder die Hufstellung, und alles war klar.

Während wir an der Schmiede vorbeigingen – in der Esse häuften sich die stinkenden Plastikabfälle, die er dort immer verbrannte, um die Müllgebühr zu sparen –, fragte ich ihn noch einmal nach dem Natursprung, ein ähnlich komisches Wort wie Reitbeteiligung oder Fernehe. So was war nämlich nicht risikolos, wie ich gelernt hatte, ein Hengst konnte einer Stute den Rücken brechen oder ihr den Hals aufbeißen in seiner Hitze, und wenn es der Schönen zu viel wurde, knallte sie ihm derart eins vor den Latz, dass es sich für immer erledigt hatte mit dem Traben. Dann war ein gefeierter Pokalsieger nur noch ein Haufen Katzenfutter. »Wieso benutzt man bei der Hamburgerin denn nicht die Samenspritze, wie bei den anderen Stuten auch?«

Papa legte mir einen Arm um die Schultern. »Weil man es sich leisten kann«, sagte er. »Und weil es alle Beteiligten glücklicher macht, denn die Trefferquote ist besser. Bei der künstlichen Besamung wird gerade mal die Hälfte der Stuten trächtig, und man muss es mehrmals wiederholen, was nur den Tierarzt freut. Aber beim Natursprung zur richtigen Zeit klappt es zu neunundneunzig Prozent, wie's sich gehört, die Produkte sind rassiger und gesünder – und das hat natürlich seinen Preis.«

Wir gingen am Mietstall vorbei. Von Bremsen umschwirrt, stand die Safia an der Ziegelmauer und wartete darauf, gesattelt zu werden. Mit diesem kurzen, irgendwie stupsigen Araberkopf, den umschatteten Augen und den langen Wimpern war sie eine echte Schönheit und gutmütig dazu. Aber kaum eines der anderen Pferde mochte sie. Auf den Koppeln wurde sie bedrängt, gebissen und verjagt, sogar von den Einjährigen – vielleicht, weil sie die einzige Graue unter den Braunen war. Es konnte aber auch an dem Knorpelschaden liegen, Tiere wittern ja, wenn ein anderes krank oder eingeschränkt ist, und dulden es dann selten in der Herde.

Ich sah gleich, dass Jenny sie wieder falsch angebunden hatte. Der Zügel darf nur locker um den Wandring geschlungen werden, damit sich das Pferd bei Panik nicht selbst stranguliert; es muss davonrennen können, ist halt ein Fluchttier. Aber aus irgendeinem Grund machte Jenny immer einen doppelten Knoten, und Papa fuhr der Stute über den Rücken und schüttelte den Kopf. »Das Becken steht schief«, murmelte er. »Siehst du das? Hier, die linke Niere ist geschwollen – wahrscheinlich, weil der Irre sie damals durch den Schweiß geritten hat. Da müssen Brennnesseln ins Heu.« Dann schnalzte er bedauernd und fügte gedämpfter hinzu: »Armes Vieh. Irgendwann werden Pferde immer ein bisschen wie ihre Halter.«

Und schon zog er mich weiter, denn er blieb nicht gern vor dem Mietstall stehen. Oft kam jemand heraus und wollte einen Rat oder bat um Hilfe, natürlich gratis, und weil Papa nie nein sagen konnte, ging viel Zeit drauf. Wir holten die Hamburgerin aus dem Hauptstall, in dem schon Schwalben zwitscherten, und banden sie außen am Paddock fest. Es war eine Karamellbraune mit schwarzer Mähne und diesem eleganten langen Leib, wie ihn nur Traber haben, und geduldig ließ sie mit sich machen, was nötig war: Papa wartete, bis sie bequem stand, drückte ihre Hinterhufe mit der Schuhspitze etwas weiter auseinander und schlang dann ein Seil um die Fesseln, nicht zu eng, aber auch nicht zu locker. Dann kroch er unter den Bauch, band das Ende zwischen ihren Vorderbeinen an den Paddock-Pfosten, eine geteerte Bahnschwelle, und nun konnte sie nicht mehr ausschlagen, die Gute, wusste es aber noch nicht. Er gab ihr ein paar von den Möhrentalern, die er immer in der Tasche hatte.

Schließlich holten wir den Admiral, den Boss seiner Hengste. Insgesamt besaß er vier. Sie standen in einem Extrastall, in dem von morgens bis abends Musik dudelte, zur Beruhigung, denn er hatte mal herausgefunden, dass sie umgänglicher waren, wenn sie Schlager hörten, Helene Fischer und so. Oder auch Vivaldi. Die Gitterstäbe an den Boxen standen enger zusammen als in den anderen Ställen, und die Luken über den Türen wurden selten geöffnet. Der Hans-Hans, der Montego, der Pay Dirt und der Admiral Frost kamen ihr Lebtag nicht auf die Weide, weil es keinen Zaun gab, den die nicht zusammentreten würden, um frei zu sein. Zweimal am Tag stürmte jeder von ihnen durch die Boxengasse, dass der Ziegelboden dröhnte, und preschte ein paar Minuten in dem Paddock aus Gerüstbohlen herum, und zwar allein. Stuten sahen die weder bei den Trainingsläufen im Wald noch bei den Rennen, denn die sind nach Geschlechtern getrennt, und wenn sie mal eine bespringen durften, fühlte sich das vermutlich an wie Weihnachten im Mai. Ganz schön traurig, oder?

Der Boxengang war nicht sehr breit, und ich wartete in

der Anschirrkammer, während Papa das Pferd holte. Ich mochte den Admiral Frost, und ich glaube, er mochte mich auch. Er war mehr schwarz als braun und schnaubte immer, wenn ich mit einem fröhlichen »Hallo Jungs!« in den Hengststall kam. Ehe ich ihm Hafer in den Futterstein schaufelte, diese Mulde, ganz glatt von den unzähligen Pferdeschnauzen – das Gestüt war von 1812 –, kriegte er nämlich eine Massage. Meine schmalen Hände passen gerade noch zwischen die Gitterstäbe, und sobald ich ihm nur die Fingerspitzen zeigte, sackte er dagegen mit seiner Muskelmasse, und ich musste Wirbel für Wirbel bearbeiten, sehr sanft; Pferde spüren eine Berührung schon, bevor sie berührt werden.

Ich krabbelte vom Hals bis zur Kruppe und wieder zurück, und dabei redete ich ein bisschen mit ihm. Papa tat das dauernd, es war neben dem Futter und der frischen Luft das Wichtigste, meinte er. Wenn er am Küchenfenster stand und Rechnungen durchblätterte und ein Pferd irgendwo in den Ställen oder Paddocks wieherte, wusste er sofort, welches von den dreißig es war. Und immer, wirklich immer antwortete er darauf mit seiner kraftvollen Stimme, die so was Warmes und Unrasiertes hatte und die seine Tiere beruhigte. Er hob den Kopf und rief »Ist ja gut! Ich komm schon!« oder »Stell dich nicht so an, Milly! Gleich könnt ihr raus!«. Und dann ging er los und sah nach dem Rechten.

Einen unkastrierten Hengst konnte man nicht gemütlich im Schritt führen, schon gar nicht den Admiral Frost. Beide Fäuste am Halfter, kam Papa mit ihm durch den

Gang in die Anschirrkammer getrabt und stemmte mit einem lauten »Hoh!« die Hacken auf den Boden. Pferdewirt ist ein echt harter Beruf, jeder Handgriff geht in die Knochen. Das Tor war zwar noch verriegelt, aber das Tier ahnte natürlich schon was. Es drückte die Stirn gegen das grün gestrichene Holz, kratzte mit einer Hufspitze über den Estrich, und Speichel lief ihm aus dem Maul.

»So, pass auf«, sagte Papa und nahm die beiden Führstöcke aus dem Schrank. Sie waren doppelt so dick wie Besenstiele, mit gut zwei Meter langen Ketten daran. »Die befestigen wir jetzt an den Trensenringen, öffnen das Tor zum Paradies, und die Show beginnt. Der Hengst marschiert brav seiner Nase nach, der kann gar nicht anders, die Luft ist voller Hormone, und während er die Schöne in Augenschein nimmt, sollte ihn nichts stören oder erschrecken, vor allem kein lautes Geräusch. Auch gedrängt darf er sich nicht fühlen; das würde seinen Stolz verletzen. Der geht ja im Geist über eine Blumenwiese. Also lassen wir die Ketten schön locker, und nur wenn er seine paar Sekunden Hochzeit von irgendwas bedroht sieht und nach links oder rechts ausschlagen will, ziehen wir sie gleichzeitig straff, ganz straff, und bringen ihn wieder auf Linie, verstanden?«

Obwohl ich nickte, wurde mir etwas mulmig. Ich war wirklich nicht besonders stark. »Na, wird schon. Nimm den Stock mit beiden Händen und achte auf deine Füße«, sagte Papa, der immer Schuhe mit Stahlkappen trug. Dann öffnete er den schmalen Durchlass in dem Tor und blickte prüfend auf den Hof. Schwalben schossen über die moosigen Reetdächer und verschwanden unter den Traufen, irgendjemand parkte seinen Wagen neben dem Mietstall, so einen Protzjeep aus Chorin, und er schnalzte verärgert und rief:»He, Jenny, wo bist du! Wieso steht denn die Safia immer noch da? Ich komm jetzt mit dem Hengst raus! Bring sie rasch in die Box, dauert nicht lange!«

Gummistiefel und ein ärmelloser Friseusen-Kittel aus pinkfarbenem Nylon, in dessen blau abgesetzten Taschen eine Kardätsche, ein Rätselheft und Zigaretten steckten, das war die Arbeitskleidung von Jenny. Sie hatte abgenommen in letzter Zeit, weil sie zu irgendeiner Bestrahlung musste wegen ihrer Lymphdrüsen, und sie färbte sich auch nicht mehr die Haare. »Ich kann sie nicht in die Box stellen!«, rief sie mit so einem weinerlichen Schlingern in der Stimme. Trotz der staubigen Brillengläser war zu sehen, dass ihre Augen feucht wurden. »Die haben ihr schon wieder alles vollgekackt, Richard! Sogar im Futterstein liegen Äpfel, ganz frisch! Was soll ich denn bloß machen?«

»HAARmony Templin« stand auf dem Kittel, und obwohl es traurig war, musste ich schmunzeln. Die Safia hatte es wirklich nicht leicht, nicht nur auf den Weiden. Im Gegenteil, seit Papa die Pöbeleien der anderen nicht mehr mitansehen wollte und ihr einen eigenen Bereich abgekoppelt hatte, wurde es fast noch schlimmer. Durch das Elektroband war sie jetzt zwar unerreichbar für die bissigen Stuten und die Jagdlust der Einjährigen, doch das Mobbing ging weiter auf eine Art, die ich bislang nicht für möglich gehalten hatte. War aber so.

Welche Klasse ein Pferd hat, erkennst du nämlich daran, wie es seine Box vollkackt. Kein Witz! Es gibt welche, die lassen einfach alles unter sich, wo sie gerade gehen oder stehen; das sind die Säue, die machen die meiste Arbeit. Dann gibt es welche, die verrichten ihre Notdurft immer nur in einer bestimmten Ecke, und zwar in der, die am weitesten von der Raufe oder dem Wasserspender entfernt ist. Das sind die Vornehmen, die Kultivierten. Wieder andere scheißen in die eine, pissen aber in die andere Ecke, das sind die Mütter; wegen dem Ammoniak haben ihre Fohlen es nämlich muckelig warm auf dem feuchten Stroh. Es dampft sogar, wenn sie aufstehen.

Schon weise, wie es im Tierreich zugeht, oder? Aber jetzt wird's menschlich, wie Papa sagen würde: Denn zu guter Letzt gibt es die durchtriebenen, die bösen Gäule, die sich rückwärts gegen die Gitterstäbe pressen, um ihren Dreck in der Nebenbox loszuwerden. Und während sie die Vorderhufe gegen den Boden stemmen und den Hintern langsam hoch und höher schieben, schaffen es die ganz teuflischen sogar, ihre Äpfel oder ihren Dünnpfiff in einem eleganten Bogen in den Futterstein der Nachbarin zu kacken, zielgenau. Und ist der gerade voller Hafer, kannst du das Abendbrot natürlich vergessen. Kein Pferd, nicht das hungrigste, rührt verschmutztes Futter oder Wasser an. Jedes fürchtet instinktiv Koliken.

Obwohl die Safia schon mehrmals andere Boxen gekriegt hatte, war es in allen dasselbe. Anscheinend gab's
Absprachen zwischen den Biestern. »O Gott, vergiss
es«, seufzte Papa, legte den Riegel um und schob das
Tor auf, denn der Admiral wurde immer nervöser, kratzte schon Rillen in den Estrich. Die Sonne stand hoch,
die Störche auf dem Schornstein der alten Ziegelei klapperten, und geduldig wartete die Hamburgerin am Paddock-Zaun und musterte den durchtrainierten Hengst aus
dem Augenwinkel – ein kurzer, scheinbar desinteressier-
ter oder gar ungnädiger Blick. So sah Mama bisweilen
einen Mann an, wenn wir zusammen ins Restaurant oder
in die Schaubühne gingen. Und ein paar Tage später saß
der auf unserem Sofa.

Der Admiral schnaubte laut, mit geweiteten Nüstern,
wölbte die Brust vor und zog den Unterkiefer an den
Hals, ein theatralisches Stutzen, bei dem ihm die Mähne ins Gesicht fiel. Während er mit beiden Vorderhufen
gleichzeitig aufstampfte, hob er die Schweifwurzel so,
dass sich die bodenlangen Haare wie eine Fontäne aus-
breiteten, und schließlich setzte er sich in Bewegung, ging
langsam auf die Stute zu; die verschiedenen Feldsteine
unter seinen Hufen klangen mal wie hartes Holz, mal
wie Glas. Papa und ich mussten gar nichts machen, einfach nur mitgehen, und er sagte gedämpft, fast flüsternd:
»Nicht parallel zum Kopf! Halt dich etwas weiter zurück, Lisa. Der will nicht begafft werden dabei. Fass den
Stock ganz am Ende an.«

Gar nicht so einfach, zusammen mit der Kette wog der

nämlich was. Kaum war der Admiral hinter die Stute getreten, hob die ihre sogenannte Rübe, ein Stückchen nur, und tat, als würde sie Fliegen verscheuchen mit dem Schweif. Darunter war die schwarze Vulva zu sehen, glatt und glänzend wie meine Lackdosen aus Japan, und die feuchte Spalte zuckte, ein kleiner silberner Blitz.

Der Hengst ließ sich Zeit, beroch sie ausgiebig, rieb das Maul daran und knabberte an der Kruppe der Schönen, wobei das schwarz und rosa gefleckte Ding unter seinem Bauch lang und länger wurde, gewaltig. Zwischendurch reckte er immer wieder den Hals steil in die Höhe und fing an zu flehmen, das heißt, er zog die Oberlippe hoch und fletschte die Zähne, als wollte er vor Glück in die Wolken beißen. Dabei war er seltsam still, keuchte nur ein wenig, und mit der freien Hand zog Papa eine Decke vom Zaun und warf sie der Stute über den Nacken. Und dann ging alles schnell.

Erst jetzt, während er aufstieg, als gäbe es die Ketten nicht, sah man, wie groß und schwer der Admiral tatsächlich war: im wahrsten Sinn ein Muskelberg, glänzend im Futter. Mit zwei ruckenden Bewegungen rutschte er über die Stute, die leicht einknickte in den Knien, sich aber gleich wieder fasste und das lange Glied ohne einen Laut in sich aufnahm. Der Hengst beugte den Hals und schlug seine Zähne in die Stelle, die Papa mit der Decke geschützt hatte, und nach wenigen gewaltigen, seltsam krummbeinigen Stößen, die den schweren Zaun vor der Brust der Stute knarren ließen, stand er auch schon wieder hinter ihr, leckte sich das Maul und starrte ein bisschen dösig ins Leere.

Aber das Glied, das jetzt schlaff herabbaumelte, schien sogar noch länger geworden zu sein, und wie es sich am Ende nach unten hin verbreiterte, erinnerte es mich komischerweise an eine Klarinette, eine tropfende Gummiklarinette, wenn es denn so etwas gibt. Auch aus der Vulva der Hamburgerin floss Samen und roch seltsam schwül, nach Mandelmilch oder diesen Kakteenblüten im Botanischen Garten. Mir wurde ein bisschen schlecht, ehrlich gesagt, und ich musste schlucken und fragte: »Fertig?« Keine Ahnung, warum ich weiche Knie bekam. »Gehen wir jetzt zurück?«

Die Stute sah sich mit großen Augen nach uns um, ein bisschen ungläubig oder auch enttäuscht, wie es schien, und zischend gab Papa mir zu verstehen, dass ich leiser sprechen sollte. »Nee, nee«, flüsterte er mit einem Blick auf ihre Hinterbacken, »das hat nicht ganz gepasst, da läuft mir zu viel raus. Der alte Racker muss noch mal ran. Nachher wird die nicht dick, und ich kann zahlen; der Abschlag ist längst weg, und die Grundsteuer …« Er runzelte die Brauen. »Wieso bist du so bleich? Ist dir nicht gut?«

Ich zuckte mit den Achseln, blickte mich um. Auf der Dorfstraße hatten Autos gehalten, und auch unter dem Torbogen des Mietstalls sahen uns Neugierige zu, machten Fotos oder filmten; noch heute kann ich mir meine Blässe auf Facebook ansehen. Ohne den Führstock loszulassen, trat Papa hinter den Hengst, langte zwischen seine Schenkel und wog den nassschwarzen Hodensack in der Hand. Er schaukelte ihn richtig hin und her, und ich musste säuerlich aufstoßen, blähte die Backen.

Gerne hätte ich mich hingesetzt, aber nun schnaubte der Admiral und schlug wiederholt mit einer Hufspitze auf, als wollte er Funken aus dem Pflaster schlagen. Eine neue Spannung kam in den verschwitzten Körper, sein Glied wurde noch einmal steif, eine waagerecht federnde Rute, und Papa machte mir ein Zeichen mit dem Kopf. Der Hengst stand nicht richtig, das sah ich auch, wir mussten ihn etwas zurückziehen, damit er erneut auf die Hamburgerin kam.

Das ließ er zwar mit sich machen, drehte dabei aber die Augen, bis die rot unterlaufenen Winkel hervortraten. In seinem heiseren Wiehern war ein Hauch von Empörung, etwas Drohendes sogar, und plötzlich stieg es in mir hoch, ich konnte nichts dagegen tun; der Stock fiel zu Boden. Mein Magen schien sich zu blähen und balgartig wieder zusammenzukrampfen, und obwohl ich mir mit beiden Händen an den Mund griff, brach es in einem heißen, nach Eisen schmeckenden Schwall aus mir hervor – und war natürlich nicht mein Blut, wie ich zuerst dachte, sondern Papas Suppe, die Soljanka mit dem Tomatenmark und der sauren Sahne, die seit dem Mittag in mir gärte. Sogar aus der Nase schoss sie mir.

Pferde kennen so etwas nicht, denn das Sprichwort stimmt: Sie können nicht kotzen, haben einen Schließmuskel am Mageneingang, und neugierig machte der

Admiral einen Schritt zur Seite, um die rote Lache zu be-
schnüffeln. Dabei trat er allerdings auf den Führstock,
und das Krachen, mit dem der Zurrbügel aus dem Holz
brach, ließ ihn herumzucken vor Schreck. Die schwere Kette schlug gegen sein Bein, was schmerzhaft hell
klang, wie Knochen auf Knochen, ohne Haut dazwi-
schen, und schreiend ging er hoch. Obwohl meine Augen feucht waren, sah ich die Trense zwischen seinen
Zähnen.

Man sagt, ein Huf ist schneller als jeder menschliche Reflex, und ich weiß bis heute nicht, wie ich hinter den
Zaun gekommen war, in den sicheren Paddock; aber der
Aufprall der Eisen auf dem Pflaster knapp einen Schritt
entfernt ließ mich noch Jahre später zusammenzucken,
sobald ich daran dachte. Auch dem überraschten Papa
war der Stock entrissen worden, und er duckte sich mit
mir hinter die Bohlen und umschlang mich mit beiden
Armen, wobei ihm egal zu sein schien, dass meine Kotze
auf seine Tätowierungen tropfte.

Es gibt einen Punkt, an dem der stärkste Pferdetrainer
nichts mehr machen kann, wenn er nicht zertrampelt
werden will; dann muss er still in einem Schlupfloch warten, bis das Tier sich abreagiert hat. Auch die Ham-
burger Stute, die graue Decke noch im Nacken, wich eng
an den Zaun und klemmte sich den Schweif zwischen
die Schenkel. Nur Bella, unsere zahnlose Hündin, um-
kläffte den Hengst, der mehrmals nach ihr schlug, aber
bloß den Kühlergrill von Papas altem Skoda traf. Am
Innenspiegel pendelte der Glücksbringer, den ich ihm

als Kind aus Rom mitgebracht hatte, ein Hufeisen aus Plüsch.

Immer wieder, als wollte er herausfinden, wer ihm den Schmerz am Hinterbein zugefügt hatte, drehte der Hengst sich um sich selbst, und ich kriegte das Gefühl, dass er sich an seiner eigenen Rage berauschte, seiner jähen Freiheit auch, der gefährlichen Macht. Das andere Führholz zersplitterte an dem Jeep aus Chorin, der spitze Rest wirbelte wie eine Klinge durch die Luft, aber die vier oder fünf Pferdefreunde vor dem Mietstall hielten offenbar immer noch für einen Film, was sie gerade auf ihren Handys sahen. Sie wichen auch nicht zurück, als das Tier mit einem wütenden Glitzern in den Augen auf sie zusprang, Nahaufnahme.

Es waren diese Typen, die Papa zur Weißglut brachten, weil sie ihren Tieren Zucker gaben und ihnen dauernd auf den Hals klopften, obwohl die das gar nicht mögen. Er brüllte sie an, hineinzugehen, das Tor zu schließen – aber da hatte der röchelnde Hengst, dem Schaumflocken aus dem Maul flogen, das Interesse an ihnen schon wieder verloren, schien's. Denn nun kam die Südseite des Gebäudes in seinen Blick, die Mistgrube und die besonnte, von den Schatten der Schwalben überhuschte Backsteinmauer.

Dort, mit hängendem Hals und gespitzten Ohren, die sich in verschiedene Richtungen drehten, stand immer noch Jennys Stute. Wie viele Pferde ihrer Farbe hatte sie keine Blesse, war nur etwas heller auf der Stirn und dem Nasenrücken, lichtgrau, und als sie die Lider schloss, sah das aus, als wollte sie sich in ihrem dunklen Innern verstecken.

Der Admiral legte den Kopf schräg, wie es neugierige Hunde tun. Schauer durchzuckten sein nasses, in der Sonne glänzendes Fell, und er schüttelte die Mähne und blickte sich kurz einmal nach uns um. Dann hob er die Schwanzrübe, ließ ein paar Äpfel fallen und ging langsam, mit schleifenden Ketten, auf die Stute zu. Dabei nickte er heftig und grunzte heiser, und obwohl es nicht bedrohlich klang, eher erstaunt oder interessiert, legte sie die Ohren flach und blähte die Nüstern.

Ihr nervös peitschender Schweif fegte alte Spinnweben aus einer Fensternische, ein paar Handschuhe auch, und natürlich wollte sie zurückweichen, der Zügel war straff gespannt. Doch der doppelte Knoten am Wandring löste sich nicht, knarrte nur, die Trense hing ihr schief im Maul, was wahrscheinlich wehtat. In ihrer Panik traten die Augen bis zu den weißen Rändern hervor; sie wieherte dünn und fing an zu pissen, und der Hengst machte noch einen vorsichtigen Schritt, beschnüffelte den schaumigen Urin auf dem Pflaster.

Aber ehe es zur Katastrophe kam – Safia winkelte ein Bein an und knickte den Huf etwas ab im Gelenk, was Papa immer »durchgeladen« nannte; wenn er einen davor warnte, musste man auf das Krachen nicht lange warten –, wurde der Rücken des Admirals plötzlich weich; die Linie sank, der Bauch trat vor, und er leckte sich die Lippen mit den zarten, in der Sonne fast durchsichtigen Fühlhaaren. Sein Atem ging in kurzen Stößen, ein Schnaufen, als ob er nun doch erschöpft war von dem eigenen Aufruhr oder dem Verlust seines Samens, und Papa kletterte aus dem Paddock.

Mit großen Schritten und trotzdem wie auf Zehenspitzen lief er über den Hof und näherte sich ihm auf der blinden Achse, also in dem schmalen Bereich hinter den Ohren, den ein Pferd nicht einsehen kann. Dabei griff er bereits in die Hosentasche mit den Möhrentalern, in der auch immer ein Knebel steckte, und war fast schon an seiner Kruppe, als der Hengst noch einmal den matten Blick hob. Und auch Papa erstarrte, öffnete den Mund.

Denn nun trat Jenny aus der Tür, durch die der Boxenmist in die Gruben gefahren wurde, schob eine leere Karre zur Seite, stieß einen Jaucheeimer um und ging geradewegs zu den beiden Pferden. Ihr Gesicht über dem pinkfarbenen Kittelkragen war sehr blass, Kornhülsen hingen in den wirren Haaren, und weder achtete sie auf die warnenden Rufe der Zuschauer an der Stallecke noch auf Papas entgeistertes Gestikulieren. Breitbeinig und eine bisschen wackelig in den großen Gummistiefeln stellte sie sich schützend vor ihre Stute, die immer noch in der Abwehrhaltung stand, reckte die Arme und rief: »Hau ab!« Ihre dunkle Stimme schien zu beben. »Weg, Kerl! Weg von der Safia, sag ich! Ihr lasst jetzt endlich mein Pferd in Ruh!«

Sie schwenkte einen alten Hafersack durch die Luft, schlug damit nach dem Admiral, und der warf den Kopf hoch und wich zur Seite, eine leichtfüßige Bewegung.

Dabei wölbte er die Brust und ließ wieder dieses seltsam verblüffte, irgendwie gutmütige oder gar amüsierte
Grunzen hören, bei dem ein neuer Glanz in seine Augen
kam, und als er schließlich aufstieg vor der Frau, die
noch einmal schmächtiger wurde in seinem Schatten, als
er die Stirn mit der vorschwingenden Mähne neigte und
die Beine bewegte, als wollte er über das moosige Dach
hinaus in den Himmel traben, stürzte Papa zu ihr und
riss sie so blitzartig zur Seite, dass die Brille aus ihrem
Gesicht glitt.

Dennoch traf sie ein Huf am Kopf, und sie sank um ohne
einen Laut. Sie knickte einfach weg in der Hüfte und fiel
mit dem Rücken aufs Pflaster, den Hafersack noch in
der Faust. Ein Bein zuckte kurz einmal, dann das andere, angewinkelte, dann der ganze Körper, als würde er
durchgeschüttelt von einer fremden Kraft, und ich schrie
auf hinter dem Paddock-Zaun und griff mir in die Haare. Schließlich lag sie still.

Die Stute warf nur einen kurzen, seltsam unbeteiligten
Blick auf ihre Halterin und sah dann den Hengst an.
Zwar hatte auch sie sich den Schweif zwischen die Hinterbacken gedrückt, und ihre Augen mit den schwärz-
lichen Tränenrinnen waren noch geweitet und die Nüstern gebläht, doch richtete sie nun die Ohrspitzen nach
vorn und stellte langsam, sehr zögerlich den erhobenen
Huf auf den Boden. Mit einem Schritt nahm sie die Spannung aus dem Zügel, damit die Trense in das Maul zu-
rückgleiten konnte, schnaubte leise und ließ endlich zu,
dass der Admiral ihren Rücken beroch, ihr Genick und

die Wange, und sich mitsamt den Ketten an sie schmiegte. Behutsam legte er ihr seinen Kopf über den Hals und schloss die Lider, und nun konnte Papa ihn ohne jeden Widerstand am Wandring fixieren.

Ich rannte über den Hof, und beide blickten wir auf Jenny hinunter. In dem offenen Mund standen die Zähne anders als sonst, und Blutstropfen, die rot aus einer Wunde unter ihren Haaren fielen, kugelten grau durch den Staub. Die Augen groß, starrte sie in die Sonne mit einer mehr verwunderten als entsetzten Miene. Sogar eine Art Heiterkeit glaubte ich darin zu erkennen, doch das konnte nicht richtig sein, denn das Gesicht war zwar unversehrt, machte aber einen fremden und seltsam verschobenen Eindruck, so als würde sie uns zwar noch anblicken, aber aus einem gesprungenen Spiegel heraus.

Die Nacht in der Wüste

Sie sprach ihn vor dem Supermarkt in Tijuana an, auf Deutsch, trotz seines mexikanischen Kennzeichens. Anfang oder Mitte zwanzig und hellblond, war sie sehr zart oder wirkte so, was vielleicht auch an dem Kleid lag, einem alten Hippiekleid, dunkelblau; die Stickereien und Pailletten auf dem Brustteil hatten schon den Mädchen in seiner Jugend etwas Feenhaftes verliehen. Aber klobige Wanderschuhe trug sie dazu, die Schnürbänder offen, und sie stopfte ein Päckchen »Butterfinger« mit Schokoladenüberzug in ihre Gürteltasche und sagte: »Imposanter Wagen. Viel Platz, oder?«

Mit seiner himbeerroten Lackierung und dem verchromten Kühler sah der große Pick-up, ein neuer Hilux von Toyota, tatsächlich etwas albern aus, jedenfalls für europäische Augen. »Ein Leihwagen«, sagte Gregor und wuchtete eine Kühlbox mit Getränken und Sandwiches zwischen die vorderen Sitze. »Nach der Schließung des Flughafens war alles andere schnell weg. Sie sind Deutsche?«

Sie nickte und schulterte ihr Gepäck. »Aus Kiel«, antwortete sie. »Wohin fahren Sie denn?«

»Nach Süden, nach La Paz«, sagte er, und als sie ihn fragte, ob er sie mitnehmen könne, hob er das Kinn und blickte sich auf dem Parkplatz um. Menschen waren nur in den Autos zu sehen. »Reisen Sie denn allein?«

Wasserhell die blauen Augen und ohne Arg, das sagte ihm seine Erfahrung mit jungen Menschen, und dennoch musterte er ihren großen, über den Scheitel ragenden Rucksack mit der angeschnallten Fleece-Decke skeptisch. »Keine Drogen«, sagte sie schmunzelnd. »Nur Wäsche und Bücher. Und ja, ich reise allein.«

Sie zeigte ihm ihre FMM, die übliche dreimonatige Aufenthaltsgenehmigung, und wahrscheinlich war es die Tatsache, dass sie ähnliche Nachnamen hatten – ihrer schrieb sich mit einem Ypsilon –, die ihn seine Reserve vergessen ließ. Er räumte das Kongressmaterial aus Berkeley von den Armaturen, und nachdem sie das Gepäck unter das Kartenfach geschoben hatte, sank sie mit einem leisen »Wow!« auf den Sitz.

Wer aus den USA kam und ins Landesinnere wollte, fuhr über die Grenzstationen in Arizona und New Mexico, nicht über die tausendzweihundert Kilometer lange Baja California, denn am Ende der Halbinsel musste man die teure Fähre benutzen, um aufs mexikanische Festland zu gelangen. Also war es auf der Straße, der Carretera Federal Numero Uno, wohltuend ruhig, und da die junge Frau nichts fragte und nichts von sich erzählte, schwieg auch er.

Das Licht, noch klarer als in Kalifornien, ließ schon den Abend ahnen und gab jeder Felsformation und allen Palmen schneidend scharfe Konturen. Im Radio wurde mitgeteilt, dass der Flughafen wegen des Terroranschlags bis zum nächsten Tag geschlossen bleibe, und dann spielte man »Hey Joe!«, die Mariachi-Version von Willy De-Ville.

Die junge Frau streifte ihre schweren Timberlands ab. Sophia hieß sie, war zweiundzwanzig Jahre alt und angeblich »Estudiante«, wie er auf der Touristenkarte gelesen hatte, und sie hob die Füße auf den Sitz, schlang die Arme um die Knie und betrachtete die Weinfelder bei Ensenada. An ihrem linken Handgelenk gab es eine kleine Tätowierung, zwei Yin-und-Yang-artig verschlungene Delphine, und schließlich war seine Neugier zu groß, und er fragte: »Sprechen Sie denn Spanisch?«

Sie verneinte, wendete den Kopf und blickte auf den Pazifik mit den glasgrünen, an den Felsvorsprüngen weiß zerstiebenden Wellen hinunter, und unwillkürlich klang sein Atemholen wie ein Seufzen. Was sie aber nicht zu bemerken schien. »Es geht mich ja nichts an«, fuhr er fort, »aber wieso trampen Sie denn allein durch Mexiko? Finden Sie das nicht ein bisschen ... riskant?«

Als Antwort schob sie nur die Unterlippe vor und hob die schmalen Schultern. Auch er war als junger Mensch per Anhalter durch dieses Land gereist, bis nach Yucatán, doch das war vor mehr als dreißig Jahren gewesen. Damals dudelte Nenas »Neunundneunzig Luftballons« aus allen Radios, immer wieder sollte er das Lied übersetzen oder erklären, und beim Aussteigen gaben ihm die freundlichen Menschen zwar oft ein mahnendes »Be careful!« mit auf den Weg – passiert war ihm aber nie etwas. Allerdings ging es damals auch vergleichsweise harmlos zu, ohne Kartellkämpfe mit Querschlägern und Kidnapping am hellen Tag.

Einen Moment lang überlegte er, ob er ihr das erzählen sollte oder ob es zu altväterlich besorgt klingen würde – da zischte es unter der Motorhaube, und aus dem Kühler stieg Rauch. Ratlos starrte er auf das Cockpit mit dem flackernden A und verschluckte einen Fluch; noch keine Stunde waren sie gefahren. Doch sie hatten Glück, am Straßenrand standen ein paar Häuser aus Bims, die üblichen handgemalten Reklameschilder auf den Dächern, und er ließ den Wagen vor einer Tankstelle ausrollen, einer einzigen, dick verstaubten Säule. Nur die Literanzeige war sauber.

Der Betreiber, ein junger Mann in Jeans und Unterhemd, molk gerade eine Ziege hinterm Haus. Die Milch tropfte noch von seinen Fingern, als er sich über den Motor beugte. Eine Weile hämmerte und schraubte er daran herum, legte sich auf ein Skateboard, um unter den Wagen zu schauen, und hielt schließlich den gerissenen Kühlerschlauch in die Höhe, ein honigfarbenes Stück Gummi, bereits mehrfach mit Isolierband geflickt. »Aber wie kann das sein?«, sagte Gregor. »Ist das nicht ein neuer Wagen?«

Der Mann nickte. »Was die Karosserie betrifft, sicher. Und auch der Motor war das mal – bis man dies und das daraus verscherbelt hat, nehme ich an. Wo in Mexiko wären Ersatzteile nicht mehr wert als Autos, Señor.«

Er hatte einen neuen Schlauch, jedenfalls behauptete er

das, und weil die Gegenwart eines Gringos schnell als Beaufsichtigung der Arbeit missverstanden wurde, setzte Gregor sich mit dem Mädchen vor die Bar nebenan. Unzählige bunte, von der Sonne ausgeblichene Lotteriezettel flatterten an den Stacheln eines riesigen Kandelaber-Kaktus neben der Tür, und er bestellte zwei Dosen Cola und schob die schmutzigen Gläser an den Tischrand.

Von der anderen Seite der Straße sah sie ein Vogel an, ein grau zerzauster Pelikan mit einem schlaff herabhängenden Flügel. Er hockte auf einem Moped, das schon lange sein angestammter Platz sein musste, denn es war über und über von weißem Kot besudelt. Auch die Radspeichen sahen aus wie in Gips getaucht, und Sophia fragte leise, fast flüsternd: »Was macht er denn dort?«

»Nichts«, sagte Gregor, schob sich die Brille zum Haaransatz hoch und zog sein Handy aus der Tasche, um die E-Mails zu checken; aber es gab hier kein Netz. »Der sitzt einfach da und sieht der Zeit beim Vergehen zu.«

Sie lächelte. Ohne das Tier aus dem Blick zu lassen, trank sie einen Schluck und hielt sich dann die Dose ans Ohr. »Und was machen Sie hier?«

Er steckte das Telefon in sein Jeanshemd zurück. »Ich lebe in La Paz, lehre Biochemie an der Technischen Universität. Das ist mein letztes Semester vor der Pensionierung, dann geht's wieder nach Hause, nach Berlin.«

Sie nickte langsam, sah erneut zu dem Pelikan hinüber. Fischreste lagen im Staub vor dem Moped, und er spritzte etwas Kot ab und starrte zurück. Seine Augen schienen vereitert zu sein. Schließlich zog sie ein schwarzes, an den Kanten zerschrammtes Notizheft aus ihrer Gürteltasche, spitzte einen Stift und begann, das Tier zu zeichnen. Wie feinste Echowellen der stummen Erscheinung vervielfältigten sich die rasch ausgeführten Linien auf dem Papier.

Ganz offensichtlich hatte sie Talent, und er sagte: »Ich kannte mal eine junge Künstlerin, die sich hier jahrelang mit Schildermalen für all die Krämer und ›Dentistas‹ durchgeschlagen hatte. Das schien irgendwie gegangen zu sein. Goldzähne und Zündkerzen konnte sie am besten. Aber schließlich ... Na ja, lange her. Schon damals waren bestimmte Mexikaner übrigens ... Wie soll ich sagen ... Die begreifen nur schwer, dass eine junge, hübsche und allein reisende Frau keinen Mann sucht, verstehen Sie?«

Sophia stieß etwas Luft durch die Nase, schloss das Heft mit einem Gummiband und blickte sich um. »Ist mir bekannt«, murmelte sie. »Auch vor Soldaten, Polizisten und Taxifahrern soll man sich hüten, stimmt's? – Können wir hier wohl was essen?«

In zerkratzten roten Buchstaben mit gelben Schatten stand »Pollo, Frijoles, Patatas« auf der Scheibe, und Gregor beschirmte sich die Augen, sah ins Lokal. Der Fernseher lief nicht. Zwei Männer mit sichtlich neuen Stetsons auf dem Kopf bezahlten gerade, was sie aus angestoßenen Tonschüsseln gelöffelt hatten. Die oberen Hälften der Kugellampen über dem Tresen waren schwarz von Fliegen oder ihrem Kot, die Aschenbecher randvoll, und im Spülstein der offenen Küche türmten sich verkrustete Töpfe.

»Es ist hier nicht sauber, das würde ich Ihrer deutschen Darmflora nicht empfehlen« sagte er. »Heute Nacht sind wir in Santa Rosalia, da gibt es ordentliche Restaurants. Bis dahin können Sie sich gern ein Sandwich aus meiner Kühlbox nehmen.«

Sie nickte, bedankte sich, und die beiden Cowboys kamen aus dem Lokal und gingen zur Tankstelle, sprachen mit dem Mechaniker. Nicht nur ihre texanischen Hüte, ein schwarzer und ein rehfarbener, auch die karierten Flanellhemden, die Lederwesten, die gebügelten Bluejeans, die Gürtel mit den Mustang-Schnallen und die Stiefel mit den silbernen Spitzen sahen neu aus, wie gerade erst in einem der Western-Shops an der Grenze gekauft. Der Mechaniker goss frisches Wasser in den Kühler, brummte etwas aus dem Mundwinkel heraus, und sie drehten sich um, blickten Gregor an.

Junge Männer, kaum älter als Sophia, und einer trat an ihren Tisch, tippte sich an die Krempe und sagte: »Buenas tardes, Señor!« Dass man ihnen ihre aztekischen Vorfahren ansah – das schwere Haar, die übergangslos aus der schrägen Stirn hervorgehenden Nasen, die aufgeworfenen Oberlippen, das fliehende Kinn –, ließ sie noch einmal kostümierter wirken. »Sie fahren nach La Paz, haben wir gehört? Könnten Sie uns vielleicht mitnehmen? Gegen Benzingeld?«

Daniel und Matteo hießen sie und waren illegal in den USA gewesen. Nach zwei Jahren Arbeit auf Baustellen und Plantagen wollten sie wieder nach Loreto zurück, um ihren Familien mit dem verdienten Geld zu helfen; Daniels Mutter musste an die Dialyse. Eine Plastiktüte voller Wäsche, etwas Wasser und ein paar Tacos waren ihr ganzes Gepäck, und Gregor nickte und ging zu dem Mechaniker, um die Reparatur zu bezahlen.

Die war fast so teuer, wie das Flugticket von Tijuana nach La Paz gewesen wäre, und als er sich darüber wunderte, sagte der Mann allen Ernstes, Toyota habe die Preise erhöht. Auf die Frage, ob er denn ein Original-Ersatzteil eingebaut habe, nickte er und zeigte auf das Regal in seinem Laden. »Selbstverständlich, Señor! Ein anderes würde gar nicht passen.«

Nachdem Gregor den Wagen gestartet hatte, öffnete er die Kühlbox und reichte den Jungen zwei Dosen »Corona« nach hinten. Sophia hielt ihr Sandwich mit beiden Händen und starrte auf die Straße. Sie wirkte ein wenig befremdet oder gar eingeschüchtert, was vielleicht daran lag, dass die beiden, ganz mexikanische Männer, nur ihn gegrüßt, sich nur mit ihm unterhalten und sie keines Blickes gewürdigt hatten, scheinbar. Als er sie auf Deutsch fragte, wie sie die beiden fände, zuckte sie kauend mit den Achseln, und schon wieder wollte er ihr einen väterlichen Rat geben, eine eigene Erfahrung: Die einzig verlässliche Währung auf jeder Reise in diesem Land war das gute Gesicht. Aber er hielt sich zurück.

Die Mexikaner schwiegen die meiste Zeit, sprachen auch nicht miteinander. Daniel, der zartere, nickte immer wieder ein, wie Gregor im Rückspiegel sah, während der stämmige Mateo in die Wüste schaute mit einem Blick, der etwas Spähendes hatte und vermutlich mehr wahrnahm, als Durchreisende ahnten. Die Sonne sank jetzt schnell, die langen Schatten der Kakteenstacheln schienen sich wie Zeiger zu bewegen, und die grauen Steine wurden bräunlich violett. »Sieht man von der Straße ab«, sagte Gregor, »kann man sich kaum vorstellen, dass diese Landschaft je eine andere war, oder?«

Mateo nickte bedächtig, trank etwas Bier. Dann wischte er sich mit der Daumenkuppe über den Mund und sagte: »Auf den ersten Blick mag es so aussehen, da gebe ich Ihnen recht. Aber es hat sich viel verändert seit meiner Kindheit, sehr viel. Vor fünfzehn Jahren noch hat die Wüste geblüht um diese Zeit und war voller Insekten und Vögel gewesen; aber jetzt vergraben alle dort ihre stinkenden Geheimnisse, ihr Gift. – Ist das Mädchen Ihre Tochter, Señor?«

Gregor grinste. »Nein«, sagte er und schob sich die Brille von der Stirn auf die Nase. Die Luft flirrte über dem warmen Asphalt der Küstenstraße, die hier einen weiten Bogen beschrieb, so dass er ein paar Rückstrahler und Blaulichter auf der anderen Seite der Bucht sehen konnte. »Sie ist eine Touristin aus Europa und reist per Anhalter, wie ihr. Was gibt's denn dort drüben? Einen Verkehrsunfall?«

Daniel erwachte, und die Jungen beugten sich vor, blickten mit ihm durch die Scheibe. Hörbar erschrocken sprachen sie nun in ihrem heimatlichen Dialekt mit Nahuatl-Anklängen, und sein Schulspanisch, so wendig es inzwischen war, reichte nicht mehr aus, um sie zu verstehen. Immer hektischer fielen sie einander ins Wort, und schließlich sagte Mateo: »Nein, nein, kein Unfall. Eine gewöhnliche Militärkontrolle. Wahrscheinlich suchen sie Terroristen, Drogen oder beides, das kann dauern. Lassen Sie uns bitte hier raus? Wir gehen durch die Wüste.«

»Wieso?«, fragte Gregor überrascht und bremste am Straßenrand. Tief unter ihnen liefen die Wellen auf klickenden Muschelbänken aus, und hinter den Ölschiffen, die nach Norden fuhren, eine lange Reihe, berührte die Sonne fast schon den Horizont. »Habt ihr denn Drogen?«

Mateo schloss kurz einmal die Augen, als wäre das eine sehr naive Frage. »Nein«, sagte er, »nicht mal Zigaretten. Aber wenn die sehen, aus welcher Richtung wir kommen und wie wir angezogen sind, wissen sie sofort, dass wir schwarz in den USA gearbeitet haben, und dann durchsuchen sie uns und nehmen uns das Geld weg. Ein beliebter Sport der Polizei und des Militärs, *las mallas* nennen sie es, Netzfischen. Danke für alles, Señor. Sind wir Ihnen etwas schuldig?«

»So ein Quatsch«, erwiderte Gregor. »Ihr wollt doch nicht ernsthaft durch die Wüste nach Loreto laufen! Es wird gleich dunkel und vermutlich auch kühl, oder? Wisst ihr denn keinen anderen Weg?«

Er schaltete den Navigator ein, der einen Code von ihm wollte, den er nicht hatte, und nach einer kurzen Beratung dirigierten die beiden ihn einen Kilometer zurück,

zu einem Abzweig nach Osten; auf einem bunten Weg-
weiser stand »Campo Juárez« und darunter »Espíritu
Santo«. Die sinkende Sonne im Rücken, ging es nun
auf einer nicht asphaltierten Straße in die Dämmerung
hinein, und Sophia machte sich eine Notiz in ihrem
Heft, ehe sie fragte: »War die Künstlerin, diese Schilder-
malerin, von der Sie vorhin erzählt haben, Ihre Frau?«
Er schüttelte den Kopf. »Nein«, sagte er, die Augen kon-
zentriert geradeaus. »Die ist Bibliothekarin, in Deutschland. Es war unsere Tochter, Carolin. Sie war sehr be-
gabt, wie Sie. Und sie hatte ihren eigenen Kopf, wie Sie.
Es ging ihr nichts über ihre Farben und das Alleinsein
in Freiheit, und sie glaubte ernsthaft, Bedenkenlosigkeit
sei ein Schutz. Fragen Sie mich also besser nicht, was
mit ihr passiert ist.«
Schon nach wenigen Kilometern wurde die Dämmerung
zur Dunkelheit. Die Straße war zwar breit, aber es gab
nirgendwo Lichter, Leitplanken oder gekalkte Felsen,
und sicherheitshalber orientierte er sich an den Reifen-
spuren vor ihm. Die einzelnen Hügel ragten oft so steil
auf, dass die Scheinwerfer in den Himmel wiesen, und
fielen dann so unvermutet ab, als ginge es direkt in die
eigene Magengrube.
Einmal überholte sie ein wild hupender Laster voller
Ziegen und hüllte sie in Staub, so dass Gregor vom Gas
gehen musste, und erst als der fast volle Mond über der
Wüste aufging, orangerot, bekam er einen Eindruck von
dem, was vor ihnen lag: eine lange, von mattem Licht
auf den Höhen und blauen Schatten in den Tiefen struk-

turierte Straße, an deren Ende man den Golf – den Mar de Cortés – eher ahnte als sah.

Trotz der geschlossenen Fenster schmeckte er den Staub auf den Lippen und trank einen Schluck Mineralwasser, den letzten in der Flasche; aber es gab genügend andere Getränke. An einem Abzweig stand ein Schild, unleserlich von Einschüssen durchlöchert und mit mehreren Füchsen behängt, grauen Tieren, aus denen die Maden tropften, und plötzlich – Sophia hielt sich mit beiden Händen an den Sitzkanten fest – änderte sich der Ton des Motors erneut. Dampf stieg aus dem Kühler.

Einer der Jungen stieß einen Fluch durch die Zähne, und Gregor stellte den Pick-up aus, ließ ihn langsam von der Anhöhe rollen. Die Stille in der Senke war verblüffend und kam ihm fast wie etwas Greifbares vor, und als er den Fuß auf den Boden setzte, in den mehlfeinen Sand mit dem festen Grund darunter, hatte er einen Moment lang das Gefühl, einen fremden Stern zu betreten.

Er verstand nicht viel von Autos, wusste allenfalls, wo sich Gas und Bremse befinden, aber für Mateo schien die Sache rasch klar zu sein. Die Lamellen des Kühlers waren so heiß, dass man sie nicht berühren konnte, und ohne auf seine neuen Kleider zu achten, legte er sich rücklings in den Staub, stemmte die Hacken in die Erde und rutschte ein Stück weit unter den Motor. Dabei schob sich ein Hosenbein hoch, und Gregor sah das Geldbündel in dem Schaft seines Stiefels. Mit Klebeband hatte er es an der Wade fixiert.

Bald schon kroch er wieder hervor und hielt ihm ein

Stück Gummi hin, den gerade erneuerten Kühlerschlauch. Seine Hände und die Hemdsärmel waren schwarz von irgendeiner Schmiere. »Der gehört eigentlich an einen Gasherd«, sagte er grinsend. »Keine schlechte Idee, aber der Durchmesser hat sich in der Hitze des Motors verändert, das Wasser konnte heraustropfen. Wir brauchen Dichtungen oder Klemmschellen oder so etwas. Haben Sie einen Werkzeugkasten?«

Gregor verneinte. Lediglich ein Schweizermesser besaß er, und nun war es Daniel, der sich auf den Boden legte, um unter den Motorblock zu rutschen, wobei er etwas Unverständliches sagte, Nahuatl. Mateo ging auf ein Knie und reichte ihm das Schlauchstück und sein blaues, mit kleinen Hufeisen bedrucktes Halstuch, und der Junge wand sich und ächzte, während er irgendetwas bewerkstelligte dort unten. Als er nach einigen Minuten wieder hervorkroch, war er ebenso verdreckt wie sein Freund.

Doch keiner von ihnen hielt das für beachtenswert; sie klopften sich nicht einmal die Kleider ab. Das galt bei Männern hierzulande als weibisch oder schwul, und Gregor zeigte auf ihre offenen Kragen. »Habt ihr die Lecks etwa mit euren Tüchern geflickt?«

Daniel bückte sich, griff in den Sand. »Womit sonst. Jetzt wäre Wasser gut, Señor. Wie viel haben Sie noch in Ihrer Box?«

»Nichts mehr«, sagte er. »Nur noch ein paar Dosen 7 Up, etwas Bier und zwei Packungen Orangensaft.«

Die Jungen schmirgelten sich das Fett von den Fingern

und blickten umher. »Zur Not könnte das gehen, für ein paar Kilometer; aber Wasser wäre natürlich besser«, sagte Mateo und holte ihre Flaschen aus dem Auto, goss die Reste darin in den Kühler. »Die Erde in dieser Gegend ist zwar trocken, aber ein Rinnsal gibt es immer irgendwo, wir sollten suchen. Da hinten zum Beispiel steht Schilf. Manche Quellen kommen bei Vollmond hoch, und vielleicht haben wir ja Glück!«

Gregor übersetzte Sophia, was er gesagt hatte, und als sie aussteigen wollte, bat er sie, vorsichtshalber im Wagen zu warten. Verständnislos und auch ein wenig unwillig runzelte sie die Stirn, aber dann lächelte sie und sagte: »Ach so, ich verstehe. Einer muss bei den Pferden bleiben.«

Obwohl es ihm abwegig vorkam, Wasser zu finden, wo fast jeder Schritt staubte, ging er los. Das Mondlicht tauchte alles in ein zartes Grau; was Fels war und was Schatten, schien sich dauernd zu ändern, und je weiter er sich in die Wüste begab, desto mehr Geräusche nahm er wahr. Das Rascheln von Tamariskenzweigen im Wind strichelte die Stille, das Klicken der kleinen Steine, die sich unter den Sohlen lösten, war glashell, und überall schnarrte, scharrte und zirpte es. Und verstummte jäh, wenn er sich näherte.

Auf der anderen Straßenseite gingen die Mexikaner durch die Schatten der Agaven, inspizierten ein Autowrack mit zertrümmerten Scheiben und hackten immer wieder mit den Absätzen oder den Spitzen ihrer Stiefel in die Erde. Sie rissen einen Wurzelstock aus, verschwanden in einer Senke oder tauchten weit voneinander entfernt zwischen Dünen oder Felsbrocken auf, und die leeren Plastikflaschen schimmerten wie Eisstücke in ihren Händen.

Das Geräusch eines Motors im Osten verlor sich nach wenigen Augenblicken. Ein Nachtvogel, eine Eule wohl, brach aus dem Gestrüpp und flog nah über seinem Schatten dem Horizont zu, und als Gregor sich umblickte, saß Sophia nicht mehr im Wagen. Eine Tür stand offen, aber sie war nirgends zu sehen, und er reckte zwar den Hals, unterdrückte dann aber ein Rufen, wollte sie nicht ängstigen mit seiner Sorge. Er suchte weiter.

Ringsum waren alle Gewächse verdorrt. Dass er dennoch manchmal aufstampfte wie die Jungen oder mit dem Absatz in die Erde hackte, geschah mehr aus Vorsicht; in dem Licht ließ sich eine zusammengerollte Viper oder Klapperschlange kaum von einem Stein unterscheiden. Skorpione gab es vermutlich ebenfalls, die schwarzen oder die noch giftigeren weißen, auf die man auch im Karstland hinter La Paz stieß, und als er sich nach einer armlangen, von der Trockenheit geschälten Astgabel bückte, um damit zu graben, sah er sie.

Blumen, winzige Wüstenblumen mit halb geschlossenen Kelchen, die hier und da etwas Gelb erkennen ließen, wuchsen im Schatten einer alten Corned-Beef-Dose. Man konnte noch den Schriftzug »Oxo Limited« lesen, und sanft glänzend und kaum dicker als sein kleiner Finger floss sie unter dem rostigen Blech hervor. Er mochte den Anblick erst nicht glauben, beugte sich hinab, befühlte den dunklen Boden und roch an seiner Hand. Dass hier Öl sprudeln würde, kam ihm wahrscheinlicher vor.

Es war aber eine Wasserquelle, ein zittriges Rinnsal, und auch wenn es nach einem Schritt wieder im Sand versiegte, im tagwarmen Geröll, war Gregor ergriffen von der Unscheinbarkeit und dem Ernst des Wichtigsten in dieser Wüste. Ein zartes und doch erhabenes Entgegenkommen war darin, ein selbstverständliches Wohlwollen von wem auch immer, und er sah in die steinige Weite mit den einzelnen Kakteen und stellte sich das tief verborgene und sehr feine Netz von Wasseradern darunter vor. Möglicherweise würden mit zunehmendem Mond immer mehr von diesen winzigen Quellen hervorsprudeln, nur für ein paar Stunden oder Minuten, um sich dann auf unbestimmte Zeit wieder zurückzuziehen. Er sank auf ein Knie, hielt die Flaschenöffnung daran, und nun wisperte und gluckerte das vordem stille, überraschend kühle und – er leckte sich den Daumen – stark mineralisch schmeckende Wasser. Eine vertraute Stimme klang darin an, ein Flüstern aus vergangener Zeit, das seinen Puls heftiger schlagen und seine Lider feucht werden ließ. Aber dann schrak er zusammen.

Das vorhin noch weit entfernte Motorengeräusch, leiser fast als die Stille, wurde jählings zu einem Röhren ganz in der Nähe, und ein breiter Lichtstrahl, von Faltern und Fledermäusen durchzuckt, ragte steil in den Himmel. Er verschwand ein paar Sekunden lang, um dann umso heller und breiter wieder zu erscheinen, und wieder, und wieder, und Gregor stützte sich auf den Ast. Das Aufstehen machte Mühe, und er humpelte zur Straße mit seinen arthritischen Knien und rief nach dem Mädchen.

Zwei Zeilen greller Scheinwerfer auf dem Dach, erschien ein Auto auf der Straßenkuppe, die vor ihm lag, ein Truck mit Camouflage-Anstrich und breiter Bereifung. Statt eines Nummernschilds hing das Skelett eines Stierkopfs an seiner Stoßstange, und obwohl sie sich an den Rollbügeln festhielten, schwankten die zehn oder zwölf behelmten Soldaten auf der Heckfläche hin und her. Mit spuckendem Auspuff kam er die Senke heruntergerast, wobei er etwas ins Schlingern geriet, wurde hart abgebremst und hüllte Sophia, die bereits neben dem Toyota stand, in eine Wolke aus Staub.

Moderne Gewehre mit durchbrochenen Kolben in den Händen, sprangen die Männer herab und verschwanden laut rufend in der Wüste, und der Fahrer stellte den Motor aus, ließ die Lampen aber brennen, was die Nacht ringsum dunkler machte. Er kurbelte das Fenster herab und sah sie einen Moment lang reglos an, als wartete er nur auf eine Unbedachtheit oder einen falschen Schritt. Schließlich zog er eine leere Zigarettenspitze zwischen den Lippen hervor, steckte sie in die Brusttasche seines grünen Hemds und sagte: »Hola, caballero! Pasaporte.«

Er nahm eine Mütze vom Armaturenbrett und kam langsam über die Straße. An dem Pistolenknauf, der aus dem Holster an seinem Gürtel ragte, glomm ein winziges rotes Licht. In der Wüste hinter dem Truck waren Befehle zu hören, ein Klagelaut, kindlich fast, knackendes Geäst, und der Mann strich sich das geölte Haar zurück und fragte: »Was ist Ihr Problem, Señor? Wieso stehen Sie nachts in der Einöde? Das kann gefährlich werden. Die Welt ist voller Rateros.«

Gregor zuckte mit den Achseln, wies auf den offenen Motorraum. »Unser Kühler ist defekt«, antwortete er und musste schlucken, um zu seiner Stimme zu kommen. »Wir haben uns nach Wasser umgesehen.«

Den pompösen Schulterklappen nach ein Offizier, setzte sich der Mann die Mütze auf, zog den Schirm herab und beachtete nicht einmal aus den Augenwinkeln, dass Daniel und Mateo, nun gänzlich grau vor Staub, zu seinem Truck gebracht wurden. Mit Kabelbindern hatte man ihre Hände auf dem Rücken gefesselt, griff ihnen unter die Achseln und stieß sie auf die Ladefläche. »Und? Haben Sie welches gefunden?«

»Wenig«, sagte Gregor und langte in den Wagen, in das Seitenfach der Tür, wo seine Papiere steckten. Die Jungen wurden angeherrscht, sich auf den Bauch zu legen; ihre silbernen Stiefelspitzen kratzten über das Bodenblech. Einer der Soldaten lachte.

Sophia, die ihren Pass aus der Gürteltasche kramte, bückte sich nicht nach dem Päckchen »Butterfinger«, das dabei herausfiel; sie sah Gregor an und wies mit einer Kopfbewegung auf den Truck. Die Männer nahmen bereits wieder auf den Bänken Platz, und offenbar traten sie dabei ihre Gefangenen, denn Daniel stöhnte. »Was haben die denn getan? Was machen die mit denen?

Gibt es einen Haftbefehl oder so etwas?«, murmelte sie, und Gregor übersetzte die Fragen so höflich wie möglich, bekam aber, wie erwartet, keine Antwort.

Nachdem der Offizier seine Arbeitserlaubnis und ihr Visum überprüft hatte, rief er nach einem Emilio und befahl ihm, Wasser »para el gringo« zu bringen. Mit dem Daumennagel stocherte er zwischen seinen Zähnen herum und musterte dabei das Mädchen vom Scheitel bis zu den Schuhen, wobei seine Augen schmal wie Schneiden wurden. Dann griff er sich in den Schritt, zupfte etwas durch den Hosenstoff zurecht, und Gregor langte auf den Rücksitz des Toyota und hielt ihm die beiden Hüte hin. Sogleich abgelenkt, betastete der Mann das Futter und stülpte die Schweißbänder um, fand aber nichts, oder nur einen Zettel mit einer handgeschriebenen Zahl, einer Telefonnummer vielleicht.

Die beiden ovalen Plastikkanister, die ein Soldat vor ihren Kühler stellte, enthielten zwei Gallonen, also fast acht Liter, und der Offizier lächelte Gregor an und sagte: »So, das dürfte reichen. Fahren Sie einfach geradeaus, Professor; wenn Sie an die Küste kommen, finden Sie Tankstellen, Restaurants und Hotels. Das ›Esperanza‹ kann ich empfehlen, jede Grillplatte ein Erlebnis!« Grüßend legte er die Hand an die Schläfe. »Eine zauberhafte Tochter haben Sie da. Wie hübsch muss die Mutter sein.«

Die meisten Gesichter der Soldaten auf den Bänken wurden von den Helmrändern überschattet. Kleine Männer, auf ihre Waffen gestützt, und erst als ihr Vorgesetzter eingestiegen war und den Truck gestartet hatte, blickten sich einige über die Schultern um und musterten das Mädchen ebenfalls. Andere probierten die Hüte auf. Von Daniel und Mateo zwischen ihren Füßen waren gerade noch die Sohlen der Stiefel zu sehen, die neu glänzenden Absatzkehlen, ehe die Ladeklappe geschlossen wurde und der Wagen in der Nacht verschwand.

Lange konnten sie ihn hören in der Ferne, und Gregor zog das Handy hervor, ein dummer Reflex; hier gab es natürlich erst recht kein Netz. Und welcher Polizist würde etwas gegen das Militär unternehmen. Sophia sank auf einen Stein am Straßenrand, und er schraubte einen der Kanister auf, füllte vorsichtig den Kühler, dessen immer noch heiße Lamellen knackten, und sagte: »Die Jungs werden wieder freigelassen, keine Angst. Man nimmt ihnen wahrscheinlich das Geld, die Gürtel und die neuen Stiefel weg, aber dann schickt man sie nach Hause. Alle Gefängnisse sind überfüllt.«

Erneut hatte sie etwas in ihr Heft geschrieben, und nun hob sie das Kinn und blickte in die Wüste. Trotz ihrer mädchenhaft schmalen Schultern sah sie mit einem Mal älter aus; das Mondlicht schien einen Firnis aus Trauer und grauem Befremden über ihr Gesicht zu legen. Falten zogen sich wie feine Bleistiftstriche um die Mundwinkel herum. »Ich glaube, ich weiß es«, sagte sie leise und fügte nach seinem verständnislosen Blick hinzu: »Was mit ihr passiert ist, meine ich. Mit Ihrer Tochter.«

Er antwortete nicht, stieß nur etwas Atem durch die Nase, und dann schraubte er den Kühler zu, schloss die Haube und verstaute das restliche Wasser auf der Pritsche. Obwohl ihre Augen in tiefen Schatten lagen, spürte er, dass sie ihn abwartend ansah, und er bückte sich, reichte ihr das Päckchen »Butterfinger« und sagte: »Wenn Sie müde sind, können Sie sich gern auf die Rückbank legen.«

Sie nickte, bedankte sich, und er startete den Motor. Mehr und mehr fühlte sich das langsame Fahren über die Sandstraße an, als würde der Wagen über Wellen gleiten. Im Spiegel nichts als Staub, rot gefärbt von den Heckstrahlern, und einmal huschte ein Wüstenfuchs vor ihnen ins Gestrüpp, ein graues Tier mit blitzenden Augen. Wasser schienen sie nicht mehr zu verlieren, und nach gut zwei Stunden, als sie endlich am Meer waren, wo eine asphaltierte Carretera über Loreto nach La Paz führte, schlief Sophia fest. Sie schnarchte sogar leise.

Auch Gregor, seit dem frühen Morgen unterwegs, spürte nun die Müdigkeit, sah trotz der Brille schlechter. Er lenkte den Wagen auf einen leeren Parkplatz an der Steilküste und verriegelte die Türen. Obwohl es noch sehr warm war, langte er zwischen den Sitzen hindurch und breitete die rote Fleece-Decke über das Mädchen, das nicht erwachte; es murmelte nur etwas, wie im Traum. Dann zog er sich die Schuhe aus, verstellte seine Rückenlehne und horchte noch eine Weile in die Dunkelheit. Zwischen den Sternen über dem Meer blinkten die Lichter der Flugzeuge Richtung Kalifornien, alle paar Sekunden ein neues, und manchmal war der lange, klagende Laut einer Nachteule zu hören.

Als er hinter seinem Steuer erwachte, das Hemd auf dem Rücken schweißnass, wurde es gerade hell. Tautropfen funkelten auf dem Kühlerblech, kleine Nachtfalter zuckten sterbend mit den Flügeln. Voller scharfkantiger Felsen ohne Vegetation ragte die gegenüberliegende Insel, die Isla Ángel de la Guarda, aus dem Dunst, und Sophia, die sich die Decke um die Schultern gehängt hatte, stand nah an der Steilküste und blickte auf das Meer hinunter. Das dünne Kleid flatterte um ihre Waden herum, und einige ihrer blonden Haare hoben sich im Wind.

Er stieg aus, stellte sich neben sie, wünschte ihr einen guten Morgen. Wie viele junge Menschen nach dem Schlaf war sie sehr blass, fast bleich, auf ihren Wangen schimmerten getrocknete Tränenspuren, und ohne den Gruß zu erwidern, oder nur mit einem Nicken, griff sie nach seinem Handgelenk, klammerte sich daran fest. Die Lippen eingezogen, reckte sie vorsichtig den Oberkörper und schob das Kinn weiter über die Felskante, um tiefer hinabblicken zu können. »Und du willst«, fragte er und räusperte sich, »Sie wollen wirklich allein weiterreisen?«

Jenseits der Insel ging die Sonne auf. Das Meer lag da wie Glas. Ein paar Pelikane, die Hälse gravitätisch gebogen, das Gefieder rosig und die Schnabelbeutel durchscheinend in dem Licht, flogen lautlos gen Süden. Unter ihnen glitten ihre Schatten über das Wasser, und sie sagte leise: »Ja.«

Der Wodka des Bestatters

>»Ich habe nur noch wenig zu tun und komme bald,
und bald wird's wieder Tag.«

Mein Bruder Harry ist Koch in Stockholm, und er und
Matilda hatten uns zu den Feiertagen eine Ansichtskarte
aus Italien geschickt, aus Palermo, wo es diese Katakom-
ben gibt, die Kapuzinergruft. Eine Reihe Mumien war
darauf abgebildet, seit Jahrhunderten lehnten sie steif
wie Bretter an den Wänden, und obwohl die braune
Haut ein bisschen ledrig wirkte und die meisten Haare
weg waren, gab es kaum Spuren von Fäulnis oder Zer-
fall, oder nur an der Kleidung. Aber mit den aufgerissenen Mündern sahen sie aus, als wären sie mitten im
Schrei gestorben. »Grüße aus dem Urlaub und viel Glück
im neuen Jahr!« stand auf der Rückseite, und das war
wohl witzig gemeint.

Nach der Sache mit Matilda wohnte ich wieder bei meiner Mutter, vorübergehend natürlich. Sie war mit Egon
zusammen, Egon Benninghoff aus Mülheim, der auch
schon mehrere Ehen hinter sich hatte, wahrscheinlich
wegen der Trinkerei. Die kriegte er nicht in den Griff; in
seinen Mondphasen, wie er das nannte, fing er morgens
um fünf mit einem Wasserglas voll Wodka an und goss

sich alle naslang ein neues ein. Spätestens nach dem Mittagessen schnarchte er dann weg, wo er gerade saß, und meine Mutter hatte die Arbeit am Hals, obwohl sie keine gelernte Bestatterin war. Sie wusste ja nicht mal, wie man Katafalk schreibt.

Egons Haus mit dem Büro und dem Laden voller Urnen und Grabsteinmuster im Parterre war zu klein für drei. Ich wohnte in dem ehemaligen Stall zwischen Sarglager und Garage, einem fensterlosen Raum mit Asphaltboden, was schon in Ordnung war. Als Handlanger auf dem Bau stand ich damals im Dunkeln auf und machte fast jeden Tag Überstunden. Betonarbeiten im Schnee, natürlich mit Frostschutz; man schubberte unter Strahlern bis in die Nacht, und wenn man morgens in die Hütte kam, waren die nassen Arbeitsschuhe hart gefroren.

Darum lag ich am Wochenende auch am liebsten in der Wanne, stundenlang. Noch keine vierzig, hätte ich eigentlich fit sein müssen, klar; Kollegen im gleichen Alter schleppten sonntags jede Menge Kinder durch die Zoos. Aber in meinen Gelenken tickte wohl eine andere Uhr; die bräuchten auch mal ein Frostschutzmittel. Auf der Treppe hielt ich mich neuerdings am Handlauf fest, und musste ich auf die Knie, überlegte ich mir, was ich noch alles erledigen könnte, wenn ich schon mal unten war.

Doch samstags in der Badewanne, mit einem Glas Lambrusco und einer Selbstgedrehten, taute ich wieder auf – falls ich denn Zeit dazu hatte. Ich meine jetzt nicht Schwarzarbeit, die machte ich schon lange nicht mehr. Aber der Egon brauchte immer mal wieder Personal für die Überführungen, die an den Wochenenden stattfanden, denn beerdigt wurde werktags. Also kurvten wir in der Republik herum und brachten Tote weg oder holten sie nach Hause – eine ermüdende Sache. Denn obwohl die Sitze in dem alten Benz bequem wie Sofas waren, ideal für ein Nickerchen zwischendurch, blieb ich besser wach, wenn der Chef am Steuer saß.

Er kannte jede Entzugsklinik zwischen Marxloh und Lütgendortmund, und aus keiner war er trocken herausgekommen. Irgendein Psycho-Heini hatte ihm mal den Befund ausgestellt, dass die Trinkerei mit seinem Vater zusammenhing, mangelndes Leitbild und so, denn er war seinem Erzeuger nie begegnet. Im Fruchtwasser hatte er noch geträumt, als der mit Anfang zwanzig in der Zeche Nachtigall verschüttet wurde. Oder war es die Concordia?

Natürlich hatte man gegraben und gebohrt, aber in der Zeit ohne große Maschinen waren Bergungen gefährlich, immer mehr Erdschichten sackten nach, und als die Klopfzeichen verstummten, gab man es auf. Seitdem lag er in dieser Schwärze unter uns, wahrscheinlich platt wie eine Briefmarke, denn wenn dich tausend Meter Kohle und Gestein ohne Sauerstoff zusammenpressen, kannst du nicht mal verwesen, hab ich gehört. Dann bist du wie diese Pflanzenblätter in den Büchern, roter Ahorn oder Klee, fast noch sommergrün. Nur dass du keinem mehr Glück bringst.

Eigentlich hätte er längst in Rente sein müssen, der Egon, meine ich jetzt. Obwohl er schon alles Mögliche gewesen war, sogar Boxtrainer bei »Traktor Lüttich«, hatte er aber kaum eingezahlt. Also hieß es weiterackern und sich um Aufträge kümmern; Bestatter haben nun mal keine Stammkunden. Dazu kam, dass ihm dauernd die Gehilfen wegliefen, nicht nur, weil er lausig bezahlte. Die hatten Schiss vor seiner Fahrweise, oder noch schlimmer: Die soffen mit und sackten schon beim Verladen in die Rabatten. Also musste ich ran, denn so einen vollen Sarg mit Kupferbeschlägen und all dem Brimborium konnte er schlecht allein in die Karre wuchten. Er hatte es mit der Bandscheibe, vom Blutdruck zu schweigen, und wenn ich meine Gelenke dazuzählte, war es fast schon wieder witzig: Zwei Lahme, die einen Toten tragen.

An dem Donnerstag, an dem meine Mutter zu den Turteltauben nach Stockholm geflogen war – Harry wurde dreißig –, holte er mich direkt von der Baustelle ab. Die Laternen gingen gerade an, und schon beim Einsteigen roch ich seine Fahne. Sicher, er blieb meistens klar, lallte oder schwankte nie, ein Profitrinker eben; aber ich hätte jetzt eigentlich essen müssen und war entsprechend gereizt. »Was machst du denn bei einer Kontrolle?«, fragte ich und schlüpfte in den Kittel mit seinem Logo, Palmzweig und Kreuz. »Hast du einen Führerschein zu viel?«

Der erste Gang der Lenkradschaltung hakte, und er schlug mit dem Handballen dagegen und grinste mich an. »Leichenwagen werden nicht kontrolliert«, sagte er. »Aber weißt du was? Wenn sie mir den Schein tatsächlich wegnehmen würden, hätte ich ruckzuck wieder

Pferde. Vier schwarze Rappen mit Federbüschen vor so einem Blumenkasten aus Glas, das wäre bombastisch, oder? Das hätte Klasse, Reinhold! Die Leute würden Schlange stehen, um von mir beerdigt zu werden.«

Er strich die paar Strähnen glatt, die er noch hatte, verteilte sie auf der Glatze. Na prima, dachte ich, wird mein Zimmer also wieder Stall. Und jetzt raten wir mal, wer ihn dann ausmisten darf, wer die Biester füttert, striegelt und das Zaumzeug putzt – alles für lau natürlich, wie die Überführungen auch, denn mein Verdienst wurde angeblich mit der Miete verrechnet. Die ich trotzdem immer brav bezahlte.

»Es heißt nicht schwarze Rappen«, sagte ich, während er Gas gab. »Außerdem müssen auch Kutscher nüchtern sein, sind schließlich Verkehrsteilnehmer, wie Taxi-Chauffeure oder Radfahrer. Und anders als dein Mercedes schnallen die Gäule genau, wenn du einen im Timpen hast. Die akzeptieren dich dann nicht mehr als Autorität. – Wohin fahren wir eigentlich?«

Er schüttelte den Kopf. An der Wurzel seiner Nase gab es so einen Höcker wie von einem Bruch, aber wehe, du sagtest Boxernase. Angeblich hatte das jeder Mann in der Familie, und er kramte in seinem Herrentäschchen, steckte sich eine »Camel« zwischen die Lippen und drückte auf den Anzünder. »Radfahrer müssen nicht nüchtern sein«, murmelte er. »Und natürlich heißt es schwarze Rappen! Oder hast du schon mal gescheckte gesehen?«

Ich zog ihm die Zigarette aus dem Mund; fast hätte er

den Filter angeschmort. »Das ist es ja«, antwortete ich und drehte sie um. »Rappen sind immer schwarz, du kannst dir das Wiewort also sparen. Sagst ja auch nicht weißer Schnee!«

Nickend stieß er den Rauch durch die Nase; nicht recht zu haben machte ihn fuchsig. »Aber hallo! Wenn ich aus dem Ruhrpott komme, sage ich selbstverständlich weißer Schnee. Wer hinter der Kokerei Jacobi wohnt, hat nämlich keine Ahnung davon, wie Schnee wirklich aussieht! Und ich sage auch schwarze Kohle – oder gibt's etwa keine braune oder anthrazitfarbene? Keinen Koks?«

Der Benz blieb sogar in der Spur, wenn er das Lenkrad kurz losließ, um den grauen Kittel zu öffnen, die Knöpfe über seinem Eisbeingewölbe. Tatsächlich aß er besonders gern das Fette, diese Schwarte, mit einer daumendicken Schicht Senf drauf. »Wir fahren übrigens nach Bottrop, Zeche Haniel. Irgendein Einsturz mit ein paar Zerquetschten. Hoffentlich versauen die uns nicht die Karre.«

Im Radio keine Staumeldungen, aber kaum waren wir auf der Autobahn, steckten wir auch schon fest, Feierabend. Zwar hängte er sich gleich hinter eine Ambulanz mit Blaulicht; trotzdem kamen wir nur stotternd voran, denn kaum einer machte ihr Platz. Ich konnte das Spiegelbild unseres langen Mercedes im Lack der anderen Autos sehen und wie die Leute stutzten, wenn wir neben ihnen hielten. Ihre Gesten erstarrten in der Luft, die Lippen wurden schmal, und manche wendeten sich ab oder feixten wohl auch. Aber die meisten Kinder ließen den

Mund offen stehen, drückten die Hände gegen die Scheiben und machten große Augen.

Die wussten noch nichts vom Tod oder davon, dass der Tod alles über sie wusste, und um sie abzulenken von unserem Anblick, machte ich ein bisschen Quatsch. Ich griff in die Kitteltasche und schob mir diesen Scherzartikel in den Mund, ein Geschenk von Matildas kleiner Nichte, der Flo. Es war ein Vampirgebiss aus dem Kaugummi-Automaten, und damit grinste ich zu den Döpsen rüber und kniff ein Auge zu. Da erschraken sie zwar, aber dann lächelten sie zurück.

Egon öffnete seinen silbernen Flachmann. »Mit Kindern kannst du's ja«, sagte er. »Du wärst 'n guter Vater, glaub ich. Einer, der sich krummlegt und mit ihnen rumtollt und zu Flugshows geht und so. Das sucht jede Frau.« Er trank einen Schluck und stöhnte leise, leckte sich die Lippen. »Wieso hast du ihr eigentlich keins angesetzt damals?«

»Was meinst du?«, fragte ich, obwohl ich es natürlich wusste. Wenn er blau war, machte er dauernd diese Anspielungen und tat, als wäre er noch potent, und darum schöpfte ich erst mal keinen Verdacht. Aber ich hatte wenig Bock, mit ihm über so was zu reden, und starrte auf die Straße. Tauwasser tropfte von den Brücken.

»Rappen mögen ja immer schwarz sein«, fuhr Egon fort, »aber Klugscheißer sind meistens blöd! Eine Italienerin ohne Kind? Das ist wie eine Pizza ohne Belag oder ein Bier ohne Schaum. Da muss man sich nicht wundern, wenn die Ehe schal wird und sie mit einem durchbrennt, der mehr auf der Pfeife hat – und wenn es dein kleiner Bruder ist. Wir haben uns ja wirklich gemocht, sie ist eine famose Köchin. Dieses Ocobusso, oder wie das hieß, meine Fresse! Aber in der Kittelschürze hab ich immer auch die sizilianische Raubkatze gesehen: Die wartet nicht auf ihr Glück, Junge, die nimmt es sich.«

Ich blieb ruhig; ich kannte ihn ja. Doch als ich die Zähne zusammendrückte, merkte ich, dass ich das Vampirgebiss noch im Mund hatte. »Anders als ihre Großeltern und Eltern ist Matilda Deutsche«, sagte ich und zog es raus. »Wie oft soll ich dir das denn verklickern? Sie ist in Duisburg geboren, in Meiderich!«

»Aber mit diesem sizilianischen Pfeffer im Arsch! Und so ein Rasseweib braucht es jeden Tag, das ist mal klar. Bis die still liegen bleibt, muss der arme Kerl sie lange nageln, hab ich immer gedacht – und das schafft der nicht nach zehn Stunden Bau. Zwillinge hättest du der machen sollen, gleich in der Hochzeitsnacht. Und im nächsten Jahr sofort wieder welche, dann wäre Ruhe im Stall gewesen, jedenfalls für die erste Zeit. Stimmst du mir zu?« Unsere Blicke trafen sich im Seitenfenster. »Stimm mir ruhig zu!«

Ich schüttelte den Kopf. »Nein, tu ich nicht! Du redest so einen Stuss, Mann! Sie konnte überhaupt nicht schwanger werden, die Eileiter waren irgendwie verklebt. Sie kriegte eine Hormonbehandlung!«

Er trank noch etwas und bog von der Autobahn auf die Fernewaldstraße. Manchmal klang sein Lachen wie ein Schnarchen. »Natürlich waren die verklebt! Wenn man sie nicht richtig durchrüttelt, pappen die halt zusammen. Das ist wie bei uns auch, pure Physik oder Chemie oder beides. Sorgst du nicht regelmäßig für Abfuhr, gerinnt das Zeug, und deine Samenstränge werden hart wie Kabel. Dann ist Schicht im Schacht, und du kannst nicht mal mehr 'n Hamster zeugen.«

Ich ignorierte den Schnaps, den er mir hinhielt, und sah hinaus. Hier war ich aufgewachsen, kannte jede Straße. »Kleine-Gunck«, eine Imbissbude, gab es allerdings nicht mehr; die Fenster waren verschalt. »Wenn du das sagst ...«, murmelte ich. »Aber der Harry scheint es ja auch nicht besser zu machen. Im Gegenteil, der muss bis spät in die Nacht arbeiten als Küchenchef in dem Hotel, sogar am Wochenende, und wenn er nach Hause kommt, schläft sie. Jedenfalls haben sie noch nichts von einer Schwangerschaft geschrieben.«

Auf der Halde aus Schotter und Schutt, damals unsere Prärie, standen jetzt Einfamilienhäuser, eine ganze Siedlung. Er drückte seine Kippe in den Aschenbecher. »Geschrieben nicht«, sagte er, und in dem Schein der Peitschenlampen über uns, einem Zucken alle paar Meter, sahen seine Augen etwas tranig aus; die Leber war immer leicht entzündet. »Aber dick ist sie trotzdem; hab vorhin noch mit deiner Mutter telefoniert. Im vierten Monat, meint sie. Die Natur ist gnadenlos, mein Junge. Und ab jetzt wird sie dir jedes Jahr einmal zeigen, was für ein Stümper du warst mit deinen müden Spermien, wetten?«

Ich winkte ab; er war schon ein elender Quatschkopf.

Manchmal erfand er auch Sachen, nur um reden zu können. Mir wurde langsam flau vor Hunger, denn normalerweise esse ich sofort nach Feierabend, ich haue richtig rein, und als »Schulte am Westfeld« in Sicht kam, dachte ich an die Soleier, die da immer auf dem Tresen standen, ein großes Glas. Aber das Transparent mit der Bierreklame war dunkel, und vor dem Kiosk an der Ecke rasselten die Rollos runter. Ein Laster nahm uns die Vorfahrt, ein »Bofrost«-Wagen, und ich langte hinüber und schlug für Egon auf die Hupe.

»Glaub's oder nicht, ich hatte auch mal ein Kind«, sagte er. »Im Suff gezeugt mit einer Geisteskranken. Das war vielleicht ein Fabrikat. Trotzdem hatten wir gute Momente, wir drei, mit nichts zu vergleichen. Ich war ein Vater, das ändert viel. Da wachsen einem Kräfte zu, von denen man keine Ahnung hatte, Riesenkräfte. Du kannst aufhören zu trinken, zu boxen, zu zocken, du gehst regelmäßig arbeiten und musst den süßen Fratz versorgen – das kannst du. Und eine Zeitlang gelingt dir fast alles.« Er zündete sich eine neue »Camel« an. »Ich bin zwar nicht religiös, wie du weißt, aber eine Familie ist was Heiliges. Das solltest du immer bedenken.«

Dann schaltete er runter und bog zur Zeche Haniel ab. »Na prima«, antwortete ich. »Schön, dass du das sagst, jetzt, wo meine Frau mit meinem Bruder durchgegangen ist.« Ich wedelte mir seinen Rauch aus den Augen. »Da ist mir so richtig nach Familie zumute ...«

Der Wald, der sich bis nach Grafenmühle hinzog, war schwarz wie eine Wand, und Egon schnalzte genervt.

»Ach komm, denk mal nicht dauernd an dich; wer spricht denn von dir. Ich meinte die in Schweden«, erwiderte er. »Steh denen nicht im Weg, hörst du; am Ende ist das Leben kürzer als ein Sarg. Eine Frau, die mit einem Anderen durchbrennt, kann wiederkommen, wenn das Flittern vorbei ist, klar. Dann versohlst du sie, und die Ehe geht weiter. Aber wenn sie ein Kind von ihm kriegt, kommt sie niemals wieder. Die lebt dann in einer anderen Welt und würde eher in ein Fürsorgeheim ziehen. Also lass die Scheidung einfach laufen, ist für alle das Beste.« Er hob die Brauen. »Jesus, Maria, was gibt's denn hier?«

Zwar war der Parkplatz leer und mit einem Flatterband abgesperrt, aber vor der Waschkaue standen mehrere grüne Minnas, eine Ambulanz der Feuerwehr, eine vom Werkschutz und sage und schreibe – ich zählte sie mit dem Finger durch – elf Leichenwagen. Alle waren frisch gewaschen und gewachst, und Egon rieb sich den Höcker auf der Nase und sagte: »Wann habe ich denn das letzte Mal so viele Geier gesehen? Bei diesem Amokschützen, oder? Guck mal da, der olle Bispeling, der hat immer noch seinen Opel Admiral. Neue Lackierung, nehme ich an, damals waren Rostpickel an der Schnauze. Und der Voss? Ein Mercury ist das, amerikanische Marke! Einen Haufen toter Menschen muss man fahren, um sich so was leisten zu können. Aber wenn der mal Ersatzteile braucht, ist er natürlich im Arsch. Dann kann er die Beerdigung absagen.«

Er stellte seinen Benz daneben, mit der Heckklappe zum

Tor. »Na, vielleicht hat er ja noch Pferde«, murmelte ich und sah mich auf dem Parkplatz um. Wenn die Kumpel nach der Knochenarbeit frisch geduscht aus der Zeche strömten, hatten sie nicht nur Hunger, sie hatten ein tiefes schwarzes Loch im Bauch, und richtig, auf der anderen Seite gab es eine Imbissbude, so einen umgebauten Caravan unter der Laterne. Egon nahm sein Herrentäschchen mit dem Flachmann und den Zigaretten von den Armaturen und sprach mit dem Pförtner, und ich machte ihm ein Zeichen und stiefelte über den Platz. Es schneite ein bisschen, aber die Flocken verwehten.

Zwei Frikadellen und Pommes Schranke doppelt bestellte ich mir, und der Mann hinterm Tresen riss einen Gefrierbeutel auf. »Was ist denn da schon wieder los?«, fragte er mit einem Blick zur Kaue, aber ich hob nur die Schultern. Als ob man das nicht sehen würde.

Neben der Tafel mit den Preisen klebten Fotos von aufgespritzten Busenwundern in seinem Kabuff, und während ich wartete, dachte ich an die ganzen Untersuchungen und den Arzt mit den Gummihandschuhen, der immer von Geduld geredet hatte, Geduld. Grünen Tee und rote Steaks und sogar bestimmte Stellungen hatte er uns empfohlen, und danach sollte ich Matildas Beine hochhalten, von wegen besserer Empfängnis. Wie ein Testkaninchen war ich mir vorgekommen, so ein Rammler, und hab am Ersten immer gleich auf den Kalender mit ihren Kreuzen geschielt. O mein Gott …

Die Pommes brutzelten im Fett, das vorgegarte Fleisch drehte sich im Licht der Mikrowelle, und ich nahm mir schon mal einen Plastikpiekser und schob mir einen zweiten hinters Ohr; manchmal schmelzen die winzigen Zacken. Von Scheidung war bisher nicht die Rede gewesen. Schließlich hatte es überhaupt keinen Streit gegeben, auch nicht später am Telefon; wir wollten uns Zeit lassen, so die Abmachung, was kann man für seine Gefühle. Matilda war gerade mal fünf Monate weg, fünfeinhalb, um genau zu sein, und die Hormontabletten hatte sie auch nicht mitgenommen … Aber vielleicht war ich ja wirklich ein bisschen naiv.

Die Mikrowelle klingelte, und der Mann schob mir den Pappteller mit den Frikadellen hin. Er hatte schmutzige Fingernägel und ein Loch in dem Rollkragenpullover, den er unter der Schürze trug. »Schöne Scheiße, all diese Grubenunglücke in letzter Zeit«, sagte er. »Kohle raffen, schnell noch Kohle raffen, und an Sicherheit denkt keiner.« Dann schaufelte er die Pommes auf einen anderen Teller, spritzte Mayonnaise darüber und grinste mich an. »Na ja, wer auf den Pütt geht, ist selber schuld, oder? Wenn man's genau bedenkt, könnte man die Leichen auch gleich da unten lassen. Spart man sich die Beerdigung und den teuren Grabstein dazu.«

Seine Klüsen glotzten richtig dumm, und fast hätte ich ihn gefragt, ob die Pomade in seinen Haaren Gehirnschmalz war. Doch ich sagte nur: »Tja, Bestatter nehmen's vom Lebendigen. Pommes *Schranke* hatte ich bestellt.« Da schnalzte er giftig, langte nach der Ketchupflasche und spritzte ein Zickzackmuster über die Mayonnaise.

Grußlos drehte ich mich um und balancierte das Zeug zum Wagen. Wenn auf der A2 hinterm Wald ein Fernlicht anging, sah man die Tannenspitzen, eine lange Reihe, und ich legte los. Die Frikadellen schmeckten nach Sägespänen, die kurz mal neben dem Fleisch gelegen hatten, wurden aber trotzdem weggeputzt wie nichts. Die Pommes waren besser, kross und schön salzig, wie ich sie mochte, und natürlich kriegte man Durst davon, tierischen sogar. Aber weil ich so unfreundlich geknurrt hatte, wollte ich nicht nochmal zu dem Verkäufer gehen. Ich langte aus dem Wagenfenster und warf die Teller in einen Korb.

Auf dem nassen Platz hörte man nur das Flappen und Schnarren der rot-weißen Absperrbänder im Wind. Der Pförtner telefonierte und machte mir ein Zeichen: Schräg über den Hof sollte ich gehen, Wachleute öffneten die Tür. Hinter einer Wand voller Stechuhren befand sich die riesige Waschhalle samt Umkleideraum, gut geheizt. Unter der Decke hingen die Körbe mit der Arbeitskleidung, die man an Ketten herunterlassen konnte. Jackenärmel und Hosenbeine bewegten sich wie schwebend in der ventilierten Luft.

Durch ein Drehkreuz kam ich in den Bereich der Steiger, wo es für jeden einen Blechschrank mit Namensschild gab. An Tischen voller Aktenordner saßen Polizisten und Männer in weißen Kitteln und tippten auf ihren Computern herum. Einer, der gerade ein Reagenzglas beschriftete, zeigte damit auf eine Schiebetür, und dann stand ich in einer kleineren Waschhalle und dachte noch, wie

komisch das war: eigene Duschen für die Steiger. Als
hätten die besseren Dreck auf dem Leib. Dabei hatten
sie alle, die ganze Belegschaft, schon den Stempel vom
Arbeitsamt im Nacken.

Der Raum war voller Bestatter, die meisten in grauen
Kitteln, und ihre Stimmen hallten zwischen den Wänden
wider. Man sah sich ja eher selten in dem großen Ruhrpott, jeder ging eigenen Geschäften nach, mit eigenen
Preisen, und so etwas wie ein Betriebsfest fand natürlich
nicht statt. Also gab's viel zu bereden, zu klatschen und
zu lachen, und ich nickte dem alten Voss zu, der die Ärzte auf den Krebsstationen schmierte, damit sie ihm die
Adressen der Angehörigen verrieten. Doch er runzelte
die Stirn, wusste wohl nicht mehr, wo er mich hinste-
cken sollte. Der kleine Bispeling dagegen, vorbestraft
wegen Fledderei – er hatte jahrelang die teuren Uhren
und Ringe der Toten gegen Kaufhauszeug getauscht –,
lächelte mich mit einem Mund voller Goldzähne an.
Auch der dicke van Bebber, der nur junge Gehilfen an-
stellte, gutaussehende, winkte mir zu und schickte einen
ironischen Kuss durch die Luft. An den Wänden lehnten die Särge, Amtsfichte mit dem Schriftzug der Ruhr-
kohle AG, und auf dem Kachelboden davor lagen die
Toten.

Ich drehte eine Dusche auf, trank erst mal ein paar Hände voll Wasser. Egon saß allein auf der Bank, auf der die
Steiger sich ausruhen und abtrocknen konnten, gleich
neben einem großen Kanister voller Körperlotion. Den
Leichengeruch, diesen typischen nach krankem oder auch

nur kaltem Fleisch, den roch ich normalerweise schon, ehe ich im Raum stand. Am Anfang war das schlimm gewesen, beim Einsargen zum Beispiel; da hielt ich oft die Luft an, bis ich selbst fast in die Kiste sank. Um Metzgereien machte ich dann erst mal einen Bogen. Aber inzwischen ging's. Auch bei den Eiternden oder halb Verwesten, die wir transportieren mussten, brauchte ich keinen Atemschutz mehr, und kam mir ein frisch Verstorbener unter die Nase, wusste ich sofort, ob er nieren- oder zuckerkrank gewesen war. In dieser Kaue roch ich allerdings nichts, null. Oder nur die Körperlotion, die rosa Tropfen unter dem Kanister an der Wand.

Solche Toten hatte ich noch nie gesehen, und doch erinnerten sie mich an was. Zuerst musste ich an die Käfer- und Heuschreckensammlung von Matildas Onkel denken, aber dann fiel mir diese Ansichtskarte aus Palermo wieder ein, die Kapuzinergruft: Kreuz und quer und irgendwie bizarr – mit hochgezogenen Knien oder abgewinkelten Ellbogen oft, die Hände verdreht, die Köpfe hart ins Genick gebogen – lagen viele wie verdorrte, in der letzten Bewegung erstarrte Kobolde auf den Kacheln. Nur noch Fetzen der ehemaligen Bergmannskluft trugen sie, und ihre Haut machte den Eindruck, als wäre sie aus demselben Leder wie die Schienbeinschoner und Gürtel, die sich erhalten hatten. Hier und da fehlten Gliedmaßen oder Finger – einen hatte ich gerade in dem Laborröhrchen gesehen –, aber ihre kupferfarbenen Gesichter, die schmerzentstellten wie die scheinbar ergebenen, waren unversehrt. »Vitriol«, sagte der kleine

Bispeling, auch schon grau. »Das hält in Form. Die sind länger hinüber, als ich auf der Welt bin.«

Neben jeder Mumie stand ein Schild mit einer Zahl. Ein Arzt machte Fotos, während ein anderer Proben der konservierenden Erde aus den Augenhöhlen oder den aufgerissenen Mündern löffelte. Er füllte sie in kleine Plastikdosen, und Egon, der schwitzte, obwohl Schneeflocken durch die Oberlichter wehten, wies mit einem Aktenblatt auf den schmächtigen Mann vor unseren Füßen. Der trug noch einen dieser enganliegenden Lederhelme mit kurzem Schirm, die wie Reitmützen aussahen und die es längst nicht mehr gibt. Ein Bein war abgerissen knapp unterhalb des Knies, ein Stück Knochen mit spitzer Bruchstelle ragte aus dem Stumpf, und Egon schluckte hart und bewegte kaum die Lippen, als er sagte: »Das ist meiner.«

In einem leergeraubten Flöz, einem sogenannten »Alten Mann« in tausend Metern Tiefe, den man eigentlich mit Geröll füllen wollte vor der Schließung der Zeche nächstes Jahr, hatte man die zwölf gefunden. Verschüttet von Kupfersulfat oder auch Vitriol, konnten sie jahrzehntelang nicht verwesen, und nachdem alle geknipst worden waren, klatschte ein Polizist in die Hände und gab sie zum Abtransport frei.

Die Bestatter und ihre Gehilfen löschten die Zigaretten unter den tropfenden Duschen und schraubten die Sargdeckel ab, und Fichtenduft füllte den hohen Raum. Um die Mumien in die schmalen Billigkisten zu kriegen, musste man ihre abgewinkelten Arme und Beine an die Körper drücken oder ihnen sogar die Gelenke lockern, klar. Aber das war keine schwere Arbeit, eher eine staubige, bei der hier und da etwas knirschte oder zu Bruch ging, und ich trank einen Schluck aus dem Flachmann, den Egon mir reichte, und sah mir unseren Toten genauer an.

Gerade lag er auf dem genoppten Boden, ohne Verrenkungen, und trotz der Geräusche in der Halle – irgendwer pfiff sogar einen Schlager – war auch um ihn diese seltsame Stille, die wie eine zweite Luft im Raum ist und sonst im Leben nicht vorkommt. Von seiner Arbeitshose hingen nur noch Fransen am Gürtel, unter der haarlosen Brusthaut, so braun wie seine Warzen, waren die Rippenbögen zu erkennen, und wieder einmal fragte ich mich, warum Tote eigentlich viel ausdrucksvollere Hände haben als jeder lebendige Mensch, auch so offenbar jung verstorbene wie dieser. Sie lagen nebeneinander auf dem Bauch, und sogar die feinen Fältchen an den Fingerknöcheln hatten sich erhalten.

Dagegen war das Gesicht mit dem spitzen Kinn, den hohlen Wangen und den eingesunkenen Lidern sehr glatt, die schmalen Lippen schienen auf eine ernste und irgendwie weise Art zu lächeln, als wäre ihm im letzten Moment etwas aufgegangen, und die Nase hatte im oberen Drittel einen Höcker wie von einem Bruch. Und als ich bemerkte, dass es Egons Herrentäschchen war, das da wie ein Kissen unter dem Kopf des Toten lag, pochte mir plötzlich mein Puls in den Ohren, und ich sah ihn von der Seite an. Kriegte den Mund nicht mehr zu.

Egons Haarkranz war grau, er hatte Warzen und Altersflecken an den Schläfen und silberne Hautkrebs-Narben auf der Glatze und hätte eigentlich schon Rentner sein müssen, wie gesagt. Mittlerweile wogen ihm sogar die Rosengestecke und Lilienkränze zu viel, bei jeder kleinen Anstrengung wurde er gefährlich rot, so eine Stauröte wie kurz vor dem Schlag. Aber jetzt war er aschfahl; die Wangen hingen schlaff herab, und in den kleinen Augen standen Tränen. »Tja …«, sagte er leise und schüttelte kurz einmal den Kopf. »Wie soll man so was finden, nicht wahr.«

Irgendjemand klopfte ihm auf die Schulter. Grüße wurden gerufen, Särge rausgetragen, und er schluckte trocken, neigte sich vor und strich über die zarten Hände des Toten, flüchtig nur, sachlich fast, als genierte er sich vor den Kollegen. Ein Bestatter, der eine Fluse von der Ware wischt. »Worte gibt's dafür jedenfalls nicht«, fuhr er fort und atmete tief, ein Rasseln in der verrauchten Lunge. »Sogar der Tod ist ein elender Stümper.«

Noch einmal trank ich einen Schluck aus seinem Flachmann, einen großen, aber das brachte meine Gedanken auch nicht auf Trab. Die Leere im Kopf tat richtig weh, und wir standen auf, packten die starren Überreste ein und trugen den Sarg, der fast so leicht wie ein Kindersarg war, zum Auto. Es schneite jetzt stärker, und während Egon als Letzter in der Reihe vom Parkplatz auf die Oberhausener Straße bog, versuchte ich, das Blatt voller Stempel im vorüberzuckenden Laternenlicht zu lesen. Immer noch wollte ich an einen Irrtum glauben, aber sie waren ja identifiziert, diese Toten, jeder einzelne hatte seine verzinkte Markennummer am Hals getragen. Bei all den Bergschlägen, Wassereinbrüchen und Explosionen unter Tage kannst du verschüttgehen, klar, in den Akten oder Dateien aber nicht, und so stand denn zweifellos fest: Der über siebzigjährige Egon fuhr seinen Vater durch das Schneegestöber nach Hause. Seinen dreiundzwanzigjährigen Vater.

Keiner sagte etwas während der halben Stunde. Er lenkte den Mercedes rückwärts auf den Hof, und wir brachten den Sarg in das Lager, stellten ihn auf den Katafalk. Dem Formular nach sollte es eine Trauerfeier für alle Kumpel im Essener Dom geben, und dafür mussten die Mumien natürlich umgebettet werden in bessere, nicht so billig zusammengeschreinerte Särge. Das zahlte die Zeche, und Egon öffnete den Deckel, pustete ein paar Späne aus dem Gesicht und breitete ein Geschirrtuch über die Schamgegend des Toten.

Dann sank er auf einen Campingsessel und hängte sich eine samtene Sargdecke um die Schultern, denn es gab nur einen Lüfter in dem Raum. Allein sein wollte er mit seinem Vater, der übrigens genauso hieß wie er, Egon Benninghoff, und dessen Gesicht in der Kiste noch einmal schmaler wirkte, beinahe jungenhaft. Also brachte ich ihm den Wodka aus dem Eisfach und die Dose mit den Zigarren aus seinem Büro und verabschiedete mich. Ich musste am nächsten Morgen um sechs auf den Bau, Sonderbeton, und brauchte nichts mehr als Schlaf.

Aber ich wurde doch immer wieder wach, fast jede Stunde. Es war völlig still auf dem Hof, und ich hörte Egon nebenan reden. Zu verstehen war kein Wort, auch nicht, als ich das Ohr an den Putz legte. Nur seine alte, etwas mürbe Stimme drang durch die Wand und ab und zu ein heller Laut; da stieß er wohl mit der Flasche gegen das Glas. Er redete ununterbrochen, manchmal in einem fragenden oder anklagenden, dann wieder in einem rechtfertigenden Ton, und irgendwann gegen Morgen baute ich sein Gebrumm in meine Träume ein, wie es schien, denn ich hörte Klopfzeichen in Matildas Bauch und ein Gelächter von einem, der noch gar nicht auf der Welt war. »Gib acht auf meinen Bruder«, sagte ich auf Schwedisch oder was ich dafür hielt, »der ist ein lieber Kerl.« Und dann klingelte Gott sei Dank der Wecker.

Ich zog mich an und schaute gleich in das Lager, aber Egon hockte nicht mehr dort; nur sein Zigarrenaroma schwebte noch in der Luft. Der Sarg war ordentlich zugeschraubt, mit einem Kranz aus grüner Pappe, einem Rubinlicht und einem alten Fotoalbum darauf; zwei leere Wodkaflaschen standen neben dem Sessel. Ich warf sie in die Tonne und ging durch den Schneeregen über den Hof ins Haus, um mir ein Frühstück zu machen, ein Sechser-Rührei mit Speck, das sag ich dir.

Im Flur brannte Licht, aber nicht in der offenen Küche. Das alte Radio mit der Treppenskala und dem grünen Auge lief, irgendein Morgenmagazin. Egon saß am Tisch und war nicht eingenickt, wie ich erst dachte. Die Zunge auf der Unterlippe, die Hände über der Magengegend verschränkt, starrte er vor sich hin, und ich stieß ihn an und sagte: »Guten Morgen! Was ist los, Dicker, hast du Schmerzen? Dass du überhaupt noch sitzen kannst nach zwei Flaschen Fusel! Warum gehst du nicht ins Bett?« Aber er hatte keine Schmerzen: Im Aschenbecher rauchte sein Zigarrenrest, und als ich die Pfanne aus dem Regal nahm und das Licht über dem Herd anknipste, sah ich, dass er keine Schmerzen mehr hatte.

Ich schaltete das Radio aus, das grüne Auge glomm noch etwas nach, und da war sie wieder, diese eigenartige Stille – so klingt die Gewissheit, dass einer nie mehr antworten wird. Entsetzt oder besonders erstaunt war ich aber nicht, ehrlich gesagt, und von Trauer wollte noch keine Rede sein, die braucht Zeit. Wenn man so viele Leichen in allen möglichen Positionen und Zuständen aus den Wohnungen geholt hat wie ich, betrachtet man die Angelegenheit erst einmal sachlich: Totenschein, Sarggröße, Tropfgummi, Träger. Ich schnitt sogar Brot ab und schlug die Eier am Pfannenrand auf, während ich immer mal wieder zu ihm hinsah und nachdachte.

Es gluckerte leise in seinem Bauch, und dann durchfuhr mich doch ein Schreck, und einen Moment lang schämte ich mich vor Egon dafür, dass der nicht unbedingt ihn und sein plötzliches Sterben meinte, sondern mich selbst. Denn bestimmt, dachte ich, ganz sicher sogar wird Matilda zu seiner Beerdigung kommen.

Ein leises Ziehen in der Herzgegend

Gedächtnis ist mein Beruf«, sagte er manchmal mit kokettem Schulterzucken, wenn jemand über sein Erinnerungsvermögen staunte. Viele seiner Bilder waren realistisch, um nicht zu sagen fotorealistisch, und von Namen und Zahlen abgesehen, vergaß Bernd Jansohn tatsächlich nichts, keine Umrisslinie, kein sinnliches Detail, auch und gerade nicht aus der Welt der Kindheit. Die linke weiße Vorderpfote des Nachbarhundes Racko, der gerade angerührte Waldbeeren-Quark, aus dem sich ein blauer Käfer kämpfte, oder das Katzengold auf der Kohle im dunklen Schuppen – alles für immer in seinem Gedächtnis.

Während der Rückfahrt von einer Finissage in Flensburg, wo erfreulich viele Arbeiten verkauft worden waren, entdeckte er auf einer Autokarte – er benutzte noch Autokarten – den Ort, an dem er als acht- oder neunjähriger Junge ein paar glückliche Ferienwochen verbracht hatte: Osterwieck an der Alten Eider. Seine längst verstorbenen Großeltern hatten in dem Dorf gelebt, das winzig war, wenig mehr als ein Gutshof, und in ihrem Haus, einer strohgedeckten Kate am Ende eines Ligusterweges, waren seine ersten Aquarelle entstanden. Das wollte er Elisabeth zeigen.

Knapp eine Stunde dauerte die Fahrt durch die schon gelben Rapsfelder und Wiesen voller Kühe und Pferde, und obwohl es nirgendwo zu sehen war, spürte man das nahe Meer, roch Salzgras und Algen in dem milden Wind. Dass in Schleswig-Holstein die glücklichsten Menschen Deutschlands leben, glaubte man sofort, wenn man durch diese Landschaft fuhr, und als sie vor der Dorfkirche hielten, schwebte noch der letzte Ton des Mittagsläutens in der Stille, und irgendwo krähte ein Hahn.

Blüten fielen aus den alten Akazien, und augenblicklich war er wieder da, der Zauber jener Kindheitswochen: Schwalben umflogen die Dächer, Hühner liefen sorglos gackernd über den Platz, und ein Geruch nach schwelendem Buchenholz lag in der Luft. Immer noch räucherte man hier also den Schinken und die Mettwürste und Fische selbst, in jedem Garten stand ein gemauerter Ofen. Das Gutshaus mit dem Säulenportal sah unverändert aus, vielleicht etwas kleiner und schmucker als in seiner Erinnerung, und aus einem Stall dahinter hörte man Kälber brüllen.

Nirgendwo ein Handy-Laden oder Drogerie-Discounter, auf den Bachwiesen stelzten Störche herum, und Jansohn zeigte seiner Frau die buckelige Holzbrücke, ideal zum Angeln, die ehemalige Schmiede, jetzt eine Traktoren-Werkstatt, und den abgedeckten Brunnen aus dem Schwedenkrieg. Sie spazierten durch den Obstgrund mit den schrundigen Birnbäumen und über die Plankenwege der Jäger im Schilf, wo er mit Alfred, dem Sohn des

Gutsverwalters, Indianer gespielt hatte, und alles war wie früher und stimmte dennoch nicht ganz mit den bewahrten Bildern überein – was neben seiner erwachsenen Größe vielleicht auch an den Fertighäusern lag, die hier und da zwischen den Katen standen, Satellitenschüsseln auf dem Dach. Carports verstellten den Blick auf die Felder, und an den »Landkrug« mit dem Fachwerkgiebel konnte er sich ebenfalls nicht erinnern; aber als Kind nahm man Kneipen, an denen keine »Langnese«-Fahne hing, ohnehin kaum wahr.

Das Häuschen seiner Großeltern, damals noch mit einem fünfeckigen Taubenschlag und einer Pumpe auf dem Hof, hatte hinter der Meierei gestanden. Von dem alten, mit Buntglasfenstern verzierten Ziegelbau, in dem der Rahm wie Seide durch die abgestuften Becken geflossen war, sah man jetzt aber nichts mehr; eine Reihe Pappeln wuchs an seiner Stelle. Und der gepflasterte Weg dahinter, auf dem der Junge stets die Bratkartoffeln, die Speckscholle oder den Vanillepudding gerochen hatte, wenn er abends vom Spielen aus dem Wald kam, versandete in einer Wiese voller Kuhfladen.

Mehrfach durchstreiften sie den Ort, und er erinnerte sich an den ovalen Löschteich, grün vor Entengrütze, die Bushaltestelle mit dem Reetdach und die geteerte Feldscheune am Horizont, konnte die Kate der Großeltern aber nicht mehr finden. Nirgendwo eine Ligusterhecke oder ein Taubenschlag, und müde und verwirrt gingen sie schließlich in den Gasthof, einen Raum voller Kegeltrophäen, wo sie ein Stück »Beerdigungskuchen« aßen.

Staubtrocken die Streusel, der Kaffee dünn wie Tee, und als Jansohn die greise Wirtin beim Bezahlen fragte, ob sie wisse, seit wann es die Meierei und das Haus dahinter nicht mehr gebe, sah sie ihn stirnrunzelnd an und sagte: »Die was? Da müssen Sie sich aber vertun, mein Herr. Hier hatten wir noch nie eine Meierei. Wir bringen unsere Milch nach Osterried.«

Und erleichtert atmete er auf. Hätte er sich das nicht denken können? So wie man manchmal in der Menge einen geliebten Verstorbenen zu sehen glaubt, den Vater mit Elvis-Tolle auf der gegenläufigen Rolltreppe, die Mutter in einer Nonnentracht in der Tram, hatte die Sehnsucht nach dem Glück der Kindheit auch diese Wahrnehmung verzerrt: Zum falschen, fünf Kilometer weiter westlich gelegenen Ort war er gefahren, um wiederzuerkennen, was er nie gesehen hatte.

Er rieb sich das Gesicht. Stimmte es also, dass die Erinnerungen im Alter immer weniger mit dem gelebten Leben zu tun haben; dass sie nach Jahren andere Klänge, Farben und Schattierungen annehmen und zu einer eigenen Realität werden, einer schwebenden, wie Märchen oder Träume mit dunklem Sinn?

»Ach Gott«, sagte Elisabeth, während sie ins Auto stiegen und sich Zigaretten ansteckten, »so was kommt halt vor. Osterwieck oder Osterried – diese Dörfer sehen alle ähnlich aus. Und dass du dir keine Namen merken kannst, wissen wir längst, oder?«

Doch als sie zwanzig Minuten später den richtigen Ort erreicht hatten und alles, das Gutshaus, den Kirchturm und die Meierei unter den alten Bäumen, so vorfanden, wie er es im Gedächtnis gehabt hatte, auch die Ligusterhecke und das Häuschen der Großeltern, das jetzt an Feriengäste vermietet wurde, nahm seine Traurigkeit noch zu. Wieder spürte man das Meer, ohne es zu sehen, ein leises Ziehen in der Herzgegend; über den staubigen Platz, an dessen Rand ein paar Spielzeugautos lagen, wurden Akazienblüten geweht, und der vergoldete, im Baumschatten schimmernde Zeiger der Turmuhr rückte eine Minute vor. So war es gewesen, und Jansohn nickte und sagte: »Ja, genau so ...« Dann startete er den Wagen und setzte zurück. »Aber das ist es auch nicht.«